마음을 열어주는 지혜

영혼에 빛을

2

남인 과 정훈 엮음

동산문학사

　인간은 누구나 나름대로 자유로운 행복한 삶을 살아가고
자 합니다. 하지만 현세는 국제사회의 다양한 문제, 다원화
된 사회, 신자유주의 자본주의 제문제, 이념적 대립, 지구상
의 급격한 기후 변화, 온인류를 괴롭힌 전염병 코로나19 팬
데믹(pandemic) 현상은 인류를 고통과 고민 속에 빠져들게
하고 있습니다. 그래도 작금의 시대는 최첨단 기술의 발달,
융복합시대로 전환, 5차산업시대로의 진입이 진행되고 있어
미래에 대한 희망을 내다 볼 수 있습니다.

　그런데도 인간의 정신세계는 초조와 불안, 깊은 병으로 점
철되어 가고 있습니다. 이런 상황에서 벗어나려면 수천년전
성현들의 행적과 말씀, 현석학자들의 깨우침의 글, 여러 매
스미디어(mass media)에 오르내린 좋은 글을 섭렵하면서 마
음을 다스려 한층 더 나은 삶을 이끌어갈 수 있지 않을까 생
각해봅니다.

　이에 필자는 지금껏 육십 여 년 모아온 지혜의 글을 나를 둘
러싸고 있는 모든 분들에게 열어 드림으로써 고달픈 우리들
의 영혼에 조금이나마 안위와 마음의 평온을 가져오리라 느
끼면서『마음을 열어주는 지혜, 영혼에 빛을!』이란 책을 펴

내게 되었습니다.

 미문(微文)이지만 참으로 독자님들께서 읽고 음미하시면서 한살이 삶을 살아가신다면 독자 여러분의 마음에 평화를 가져오는 길잡이가 되리라 믿어 의심치 않습니다.
 그동안 저를 위해 항상 도움주신 분들과 한평생 아낌없는 사랑을 준 부인 그리고 가족 모두에게 진솔하게 감사드립니다.

2021년 1월 1일
남인 **리 정 훈**

차 례

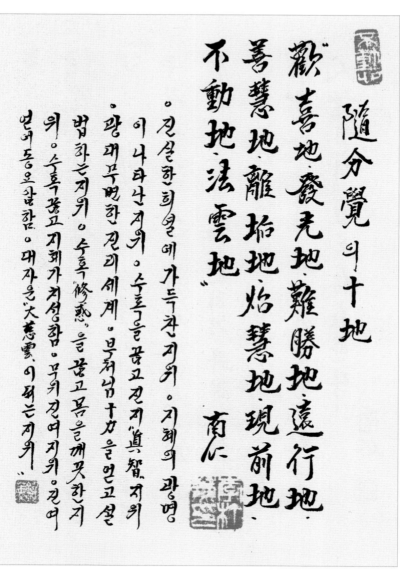

수분각(隨分覺)의 십지(十地)

수분각(隨分覺)은 어느 분만큼 깨달음. 집착을 버리고 일부분 일부분 진여(眞如)의 진상을 증득해가는 일
환희지 발광지 난승지 원행지 선혜지 이구지 염(焰)혜지 현전지 부동지 법운지

證明時代

證明도 없어 쓸 도 없는 時代과 人證은
過去에 權力의 統制 手段이었지만 오늘
우린 그것을 스스로과다. 우린 이제 柳
壓이 不在를 證明하기 위해 人證샷
을끼는다. 無限한 自由, 克服과 華
移을 人證하기위해서 이世紀을
犬證한다. 고로 存在과다

南

증명시대(證明時代) - 김곡
'김곡의 똑똑똑' 기고문 중에서

尊嚴死

자살 自殺″은 그 자체 自體″로서 존엄사
尊嚴死″나 사회 모든 영역″領域″에서 만연
하 갑질 승자 甲質勝者″ 드시 구조 獨食
構造가 만들어낸 극단적 極端的″ 경쟁
競爭文化″ 등이 인간 人間이 인간 文
間″을 혐오″嫌惡″하고 멸시″蔑視″하께 만
드는 것이다.

南仁

존엄사(尊嚴死) - 옮겨온 글

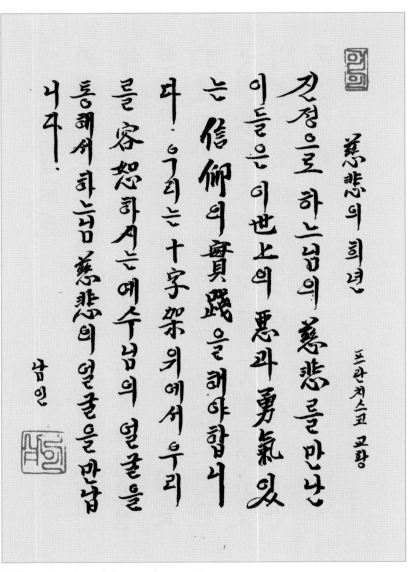

자비(慈悲)의 희년 - 프란치스코 교황

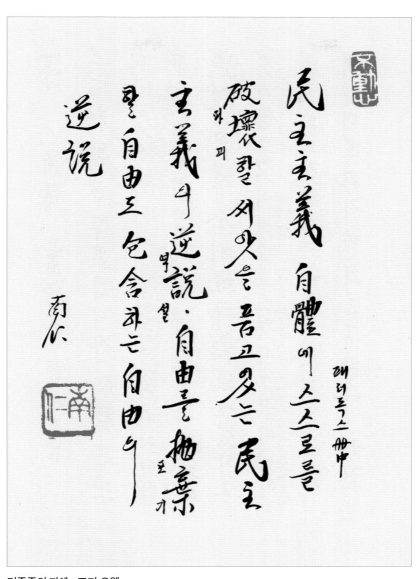

민주주의 자체 - 조지 오웰

'패러독스(Paradox)' 책 중에서 / George Orwell(1903-1950) 영국의 소설가

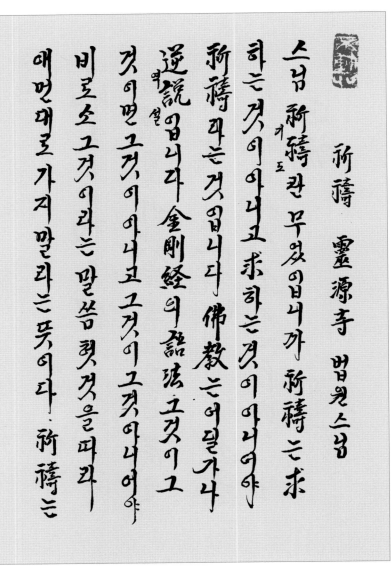

祈禱　靈源寺　법원스님

스님 祈禱란 무엇입니까 祈禱는 求

하는 것이 아니고 求하는 것이 아니어야

祈禱라는 것입니다 佛教는 어길가나

逆說입니다 金剛經의 語法 그것이 그

것이면 그것이 아니고 그것이 그것이 아니어야

비로소 그것이라는 말씀 헛것을 따라

애먼데로 가지 말라는 뜻이다. 祈禱는

기도(祈禱) - 영원사(靈源寺) 법원스님

이루어지라고 하는게 아니여요 사람들이

祈禱하는 理由는 苦痛으로부터 벗어

나는것. 慾望(욕망)을 成就하는것인데 祈禱

해서 되는게 아니에요 懇切(간절)히 祈禱하다

보면 마음이 텅비워지는것을 느낄수있

어요 그때 苦痛(고통)과 慾望이 떨어져 바라

볼수있게 됩니다. 내가 바뀐것입니다

그것이 祈禱입니다 ——

南仁

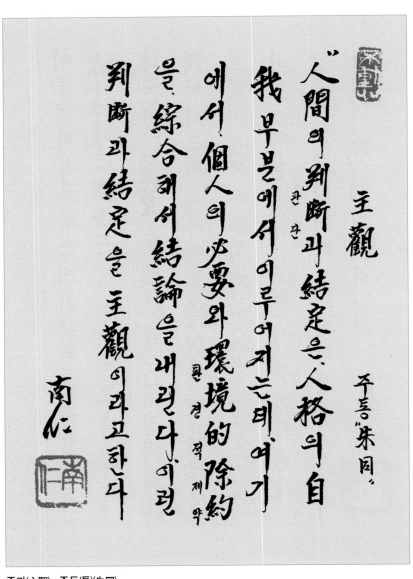

主觀   주동 "朱同"

"人間의 判斷과 結定은, 人格의 自
我 부분에서 이루어지는 데, 여기
에서 個人의 必要와 環境的 除約
을 綜合해서 結論을 내린다. 이런
判斷과 結定을 主觀이라고 한다

南仁

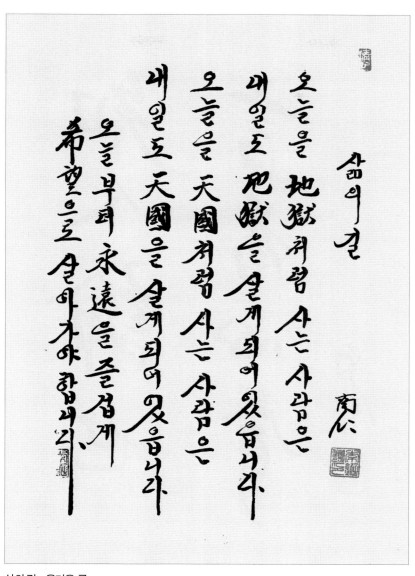

삶의 길 - 옮겨온 글

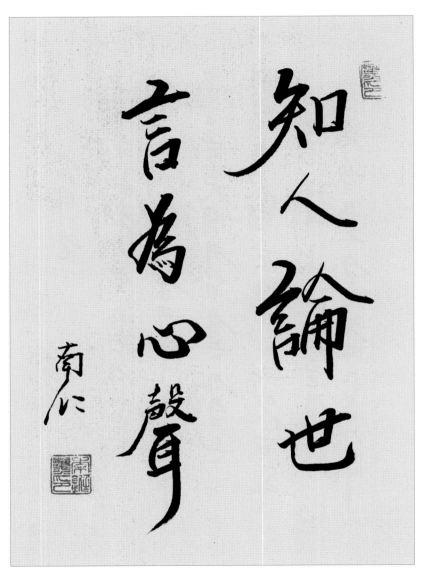

지인논세 언위심성

세상을 이야기할 때 지식인들은 마음 소리로 해야 한다.

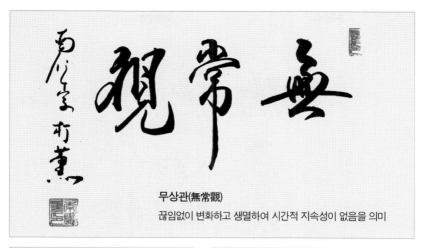

무상관(無常觀)
끊임없이 변화하고 생멸하여 시간적 지속성이 없음을 의미

견미지저 - 조그마한 것을 보고 그 저자를 알 수 있다.
일조풍월 - 흐르는 세월

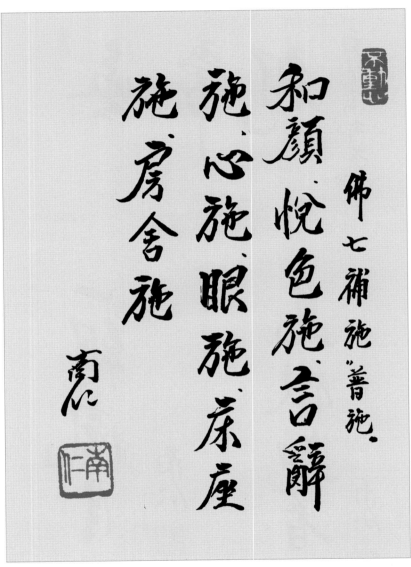

불칠보시(佛七普施)

화언 : 얼굴을 평화롭게 / 열색시 : 얼굴 표정을 밝게 / 언사시 : 언어는 부드럽게 곱게
심시 : 마음을 편하게 / 안시 : 눈빛은 곱게 / 상좌시 : 아래 위에서도 포근하게
방사시 : 방 어디서나 베품을

의친왕(義親王) 이강(李堈) 공(公) 필(筆)

이강(李堈, 1877-1955), 고종황제 다섯째 아들, 초명은 이평길, 호는 만오(晩悟), 조선왕조 말기 왕족
생무일일환사유만세명 : 살아서는 하루도 기쁜 날이 없지만, 죽어서는 만세에 이름 남으리.

조선총독부 아베, 노부유키가 패망후조선떠나며 "

日本은 패했지만 朝鮮이승리한것이아니다 장담하건데

조선인들은 옛찬란하고 우구했던영광을 백년이지나도

찾지못할것이다. 우리일본은 조선민족들에게 총,

칼·대포보다 더무서운것을 심어놓았다 大日本제국

의식민교육, 이것이야말로 그들이서로정생도록기

간질하며 노예적삶을 살게할것이다. 보라! 실로

조선은위대했고 찬란했으며 찬여 현재조선

은식민사고와 노예사상으로 물들어 정기들이다있어

버렸다 韓國은 결국식민교육의 노예로 전락할

것이다.

일본 패망 후 조선을 떠나며 - 아베 노부유키

阿部信行(1875-1953) 식민 조선의 마지막 총독, 메이지[明治]·쇼와[昭和]시대 정치가

여순민중항쟁, 「문상길 중위」

여러분은 한국의 군대입니다. 매국의

단독정부에 미국의 지휘하에 한국

민족을 학살하는 한국군대가 되지

말라는 것이 저의 마즈막 염원입니

다.」「문상길 중위는 1948년 9월 동일 인

자신의 직속상관이자 제주에서 무고

한 양민들을 학살한 박진경·대령암살죄로

사형집행전 한 말」

여순민중항쟁 - 문상길 중위

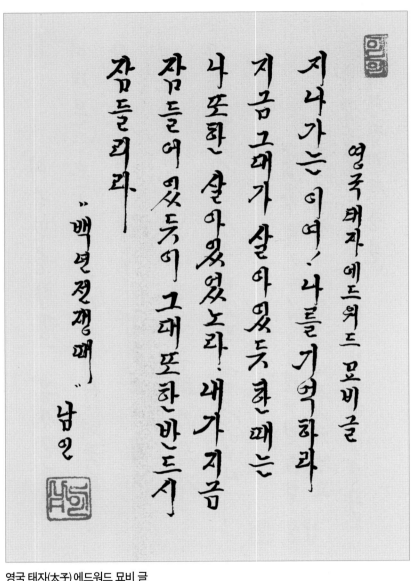

영국 태자(太子) 에드워드 묘비 글

영국 태자 에드워드 묘비 글

지나가는 이여! 나를 기억하라

지금 그대가 살아있듯 큰때는

나또한 살아있었노라 내가 지금

잠들어있듯이 그대또한 반드시

잠들리라

"백년전쟁때" 남은

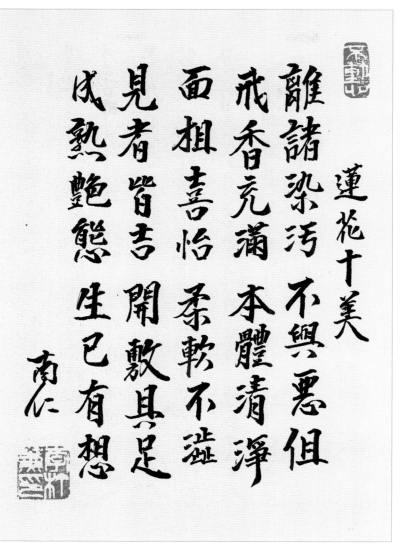

연화십미(蓮花十美)

이제염오 : 진흙땅에서 자라지만 더러움을 묻지 않는다. / 불여악구 : 시궁창 냄새는 사라지고
계향충만 : 향기가 가득하다. / 본체청정 : 어떤 곳에 있어도 본래 맑고 맑다
면상희이 : 연꽃 모양은 둥글고 원만하여 온화하고 즐거워진다. / 유연불삽 : 연꽃의 줄기는 부드럽고 유연하다.
견자개길 : 연꽃을 꿈에 보면 길 하다고 한다. / 개부구족 : 연꽃도 피어나면 필히 열매를 맺는다
성숙염태 : 연꽃이 만개했을 때 색깔이 곱기로 유명하다. / 생이유상 : 연꽃은 날 때부터 다른 화초와 다르다.

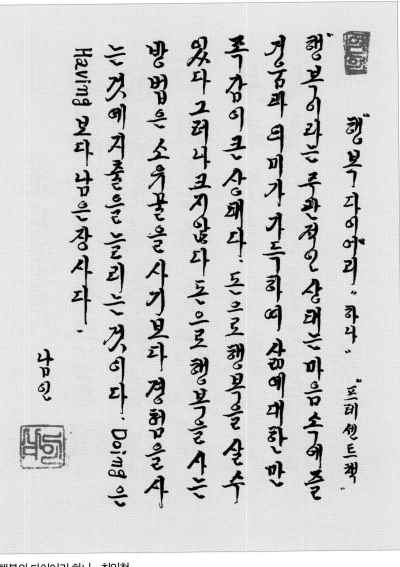

행복의 다이어리 하나 - 최인철
서울대학교 심리학과 교수

"행복 다이어리.. 둘"

행복의 최대의 적은 남들과 비교하는 것이다. 시간 상에서의 자기자신과 비교하는 것이 낫다. 과거의 자기보다 얼마나 좋아졌는지. 미래의 이상적인 자기에 얼마나 가까워졌는지를 비교하라. 행복은 모든 것을 선물로 받아들이는 상태. 즉 감사가 넘치는 상태다. 이를 위해 마음 가난이 될 수다.

남인

행복의 다이어리 둘 - 최인철
서울대학교 심리학과 교수

행복 다이어리. 셋.

"마음이 떠돌아 다니는 상태는 행복하지 않다! 무슨 일을 하든 그 순간에는 거기에 마음이 머물도록 하라. 행복한 삶의 제일 조건은 독특한 인간관계다. 가족, 친구와 보내는 시간을 매복을 늘려라. 행복은 구체적인 활동. 여행, 운동, 산책, 자원봉사 등으로 나온다. 줄여야 할 활동은 TV시청 인터넷 스마트폰 사용 그리고 일.

남인

행복의 다이어리 셋 - 최인철

서울대학교 심리학과 교수

"행복의 다이어리. 넷.

남을 행복하게 하는 것이 나를 행복하게 하는 최고전략이다. 행복은 멈추고 자세히 들여다 보는 것에 있다. 내려올 때 보았네 올라갈 때 보지 못한 그 꽃. 을 기억하라. 행복이란 무엇인가에 관심이 있는 상태다. "내안에 너있다." 파리의 연인 대사. 행복의 최고전략이다. 행복에도 연습이 필요하다 —"

남인

행복의 다이어리 넷 - 최인철
서울대학교 심리학과 교수

'착한 악마의 사랑 - 미美정인과의자 스캇펙'

"사랑을 가장한 폭력은 악"惡"의 가장 흔한
표현이다. 악한 사랑들은 자신의 잘못을 부
정한다 자신을 위해 타인을 공격하고 희생
시킨다 자신을 위해 정치적 감정적 권력
을 남용한다 존경 받기를 좋아하고 목적을
위해 끊임없이 거짓말을 한다 비판받거나
자존심이 훼손되면 참지 못한다 피해자들의
관점에서 생각되지 못한다 소수특정인에게

착한 악마의 사랑 - 스캇펙

Morgan Scott Peck (1936-2005) 미국 정신과 의사

악 "惡"과 죄 "罪"를 두둔하지만 나머지 사람들

피는 완전히 정상 관계이다. 사랑의 가면을

쓴 미움이다. 악한 사람들은 대개 흠 없는

사람같이 보인다 선할 생각은 전혀 없지만 선

하게 보이려는 욕망은 불같이 강하다. 폭도되기

전에는 선한 사람과 악한 구분하기 어렵다. 명

확히 알고 현명하게 대처해야 한다. 사람은 선과

악 사이의 여정이다.

남인

人生길에서

人生은 두번다시 살지못하나다 人生을 나이

별로 구분해 보면 살때는 부모님 따르면서

人生이 신기한 시기 이십때는 친구와 어울

리는 연고과 색시기 삼십때는 좋아하는 사

람과 페어드한시기 사십때는 어디한번가

보고 싶음여 행시기오십때는 人生종착역

이얼마나 남았으냐 기차여행시기 육십

때는 웃어깊은 고적답사시기 칠십때는

인생길에서 - 옮겨온 글

나이 학벌 외모 아무것 상관없는 人生修

學이행시기 돌 쉽데는 언제끔 누가못

이을까 인생 주어먹고 사는시기 구십

때는 지금누를 기피리 쉽니까 아무조오

지않는 외로운 人生시기 뫽세는 그냥

는 만뜨고 보는 시기입니다 人生이란

가는 승차건만있고 오는 승차건없는 민

쓴뎃 없습니다

나문인

"사회학적으로 인권을 봐야할 이유"

젊은 세대는 눈 앞의 민감한 당대적 감수성을 갖기 쉽고 기성세대는 경험에 의한 역사적 감수성에 꿀각. 서로가 상대를 알기위해 노력해야한다

젊은 세대는 감수성과 분노가 역사적 인권 발전의 축적된 덕분에 표출될 수 있음을 깨달아야한다 사회적 시각을 갖추면 자기 세대의 인식적특성을 객관적으로 볼 수 있게 된다

오늘날 고정관념 자기록의 확산을 넘어 좀더

사회학적으로 인권을 봐야 할 이유

어느 신문에서 옮겨온 글

사회학적 시각으로 사회의 변화를 파악한다면.

인천을 총체적이고 전지구적이고 역사적 관점

에서 이해할 수가 있다. 어떤 인천문제 발생 사

회적 인천이 잘 풀리지 않는지 어떤 인천문제

는 풀리지만 해결 안된 인천문제는 늘 부족함

을 낳거나 사회적 문제로 남게된다.

낭인

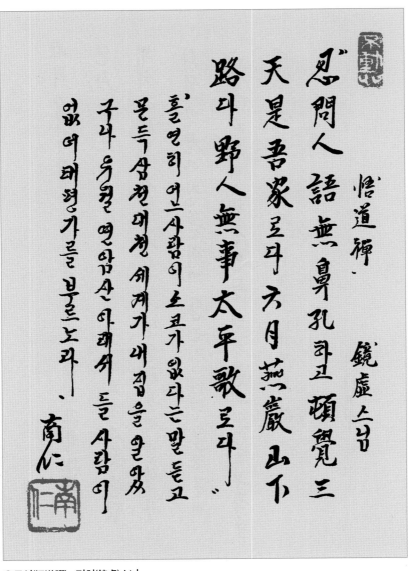

悟道禪、   鏡虚스님

忍問人 語無鼻孔하고 頓覺三

天是吾家로다 六月燕巖山下

路다 野人無事太平歌로다、

홀연히 언一사람이 코코가 없다는 말 듣고

문득 삼천대천 세계가 내 집을 알았

구나 우월 연암산 아래서 들 사람이

없어 태평가를 불르노라、   南仁

오도선(悟道禪) - 경허(鏡虛)스님

본명 송동욱, 한말 승려, 한국근현대 불교를 개창한 대선사
인문인어무비공둔각 삼천시호가 유월연암산하로 야인무사 태평가

"幸福한 삶의 追求" 프렝클

幸福한 삶을 追求한다는 것은 어떤 삶의 刺戟에 들어와외도 智慧로운 反應을 마ᄃ들어낼 수있는 길고 넓은 內面의 空間을 만들어내는 作業이다.

행복(幸福)한 삶 추구 - 프렝클

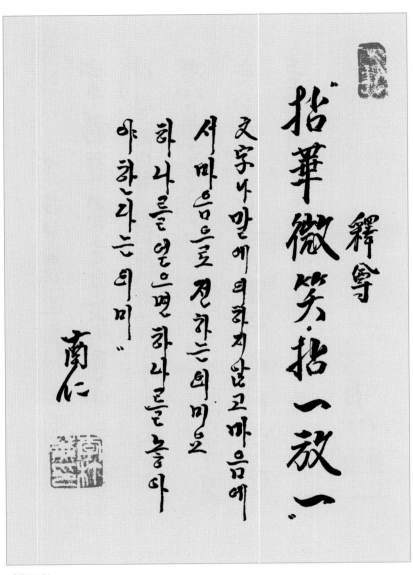

拈華微笑·拈一放一

釋尊

文字나 말에 의하지 않고 마음에
서 마음으로 전하는 의미요
하나를 얻으면 하나를 놓아
야 한다는 의미

南仁

석존(釋尊)

석가모니(釋迦牟尼), 인도샤카족의 성자
염화미소 염일방일

상월원각(上月圓覺) 대조사법어(大祖師法語)

강원도 삼척 출생. 1945년 충북 단양에 구인사(천태종 총본산) 창건, 종정. 대한민국 승려

실상 무상 묘법 무생 무염 무상 체(무생) 안주(무염) 생활 무상보리 무애해탈 무한생명 자체구현 일심상

청정 처처연화개

실상 : 존재하는 모든 현상 / 무상보리 : 덧 없는 깨달음

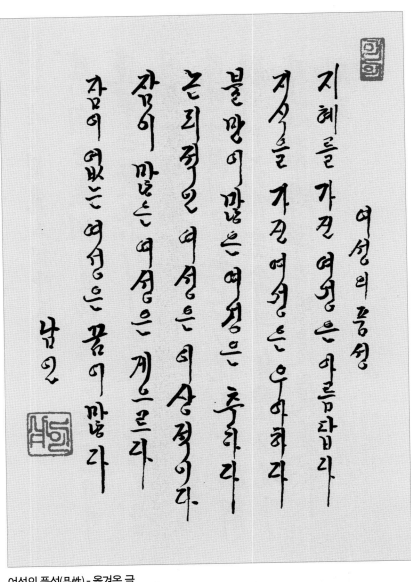

여성의 품성

지혜를 가진 여성은 아름답니다

지성을 가진 여성은 우아하다

불만이 많은 여성은 추하다

진리정인 여성은 이상적이다

잠이 많은 여성은 게으르다

잠이 없는 여성은 꿈이 많다

여성의 품성(品性) - 옮겨온 글

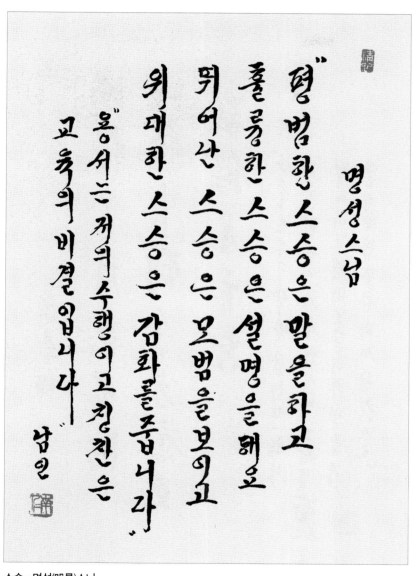

명성스님

"평범한 스승은 말을 하고
훌륭한 스승은 설명을 해요
뛰어난 스승은 모범을 보이고
위대한 스승은 감화를 줍니다.
용서는 저의 수행이고 칭찬은
고육의 비결입니다."

남인

스승 - 명성(明星)스님

비구니 스님, 경북 상주 출생, 조계종 운문승가대학 대학원장

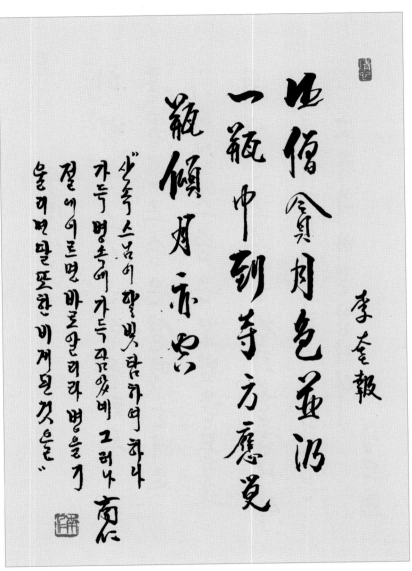

이규보(李奎報) 시

이규보(李奎報, 1168-1241) 고려 의종때 학자, 문신, 호는 백운거사(白雲居士)
산승탐월색병급일병중 도사방응각병경월역공

沈默의 冊 중. 세라 메이틀런드

沈默은 眞正한 것, 獨白的이고 實質的인 것, 獨者的으로 存在論的 範疇를 가진 것이다. 言語가 缺乏된 것이 아니라, 言語 밖의 言語와 다른 무엇이다. 소리가 不在한 것이야니라 소리가 아닌 무엇의 存在이다.

南仁

침묵(沈默)의 책 - 세라 메이틀런드

Sara Maitland, 영국 소설가

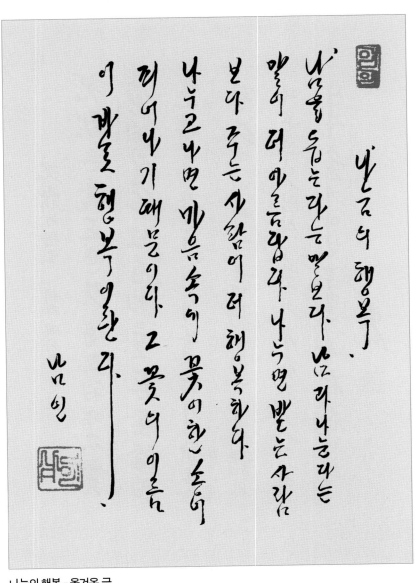

나눔의 행복 - 옮겨온 글

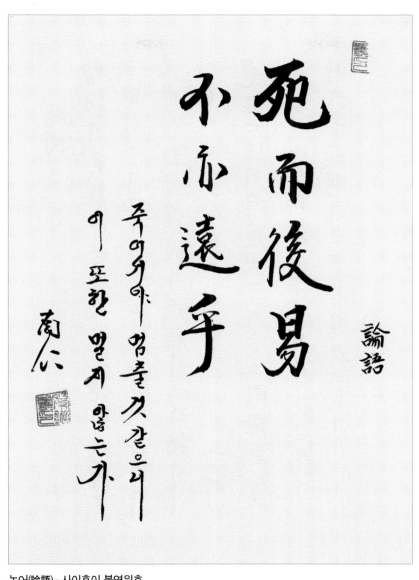

논어(論語) - 사이후이 불역원호

時間의 主體가 곧 歷史의 主體나, 修理工
은 時計를 고칠수 있다. 그러나 歲月은 고치지
못한다. 社會價値와 議題의 그 活動에
時間이름으로 登場할때. 世上은 비로소 前
進하는 法이다. 歷史는 지금 그 時間을 呼
出하고 있다. 時計 修理工이 될것인가.
時代를 發明하는 者가 될것인가.

菊人

시간(時間) - 옮겨온 글

靈的 삶

靈的으로 살면 나의 삶 안에서 合致와
憐憫 融和의 變化가 일어난다 이
세가지는 나를 둘러싼 宇宙全體를 包括
하고 있다 나의 問題와 관련해서는 하느님과
合致이고 이웃과의 問題와 관련해서는 憐憫
이고 世上과의 問題와 관련해서는 融和다.

영적(靈的) 삶 - 옮겨온 글

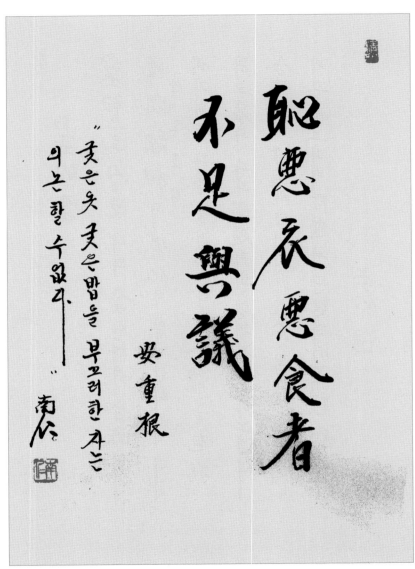

안중근(安重根) 선생이 남긴 말

안중근(安重根, 1879~1910) 황해도 해주 출생, 독립운동가, 동양평화록
치오의 오식자 부족여의

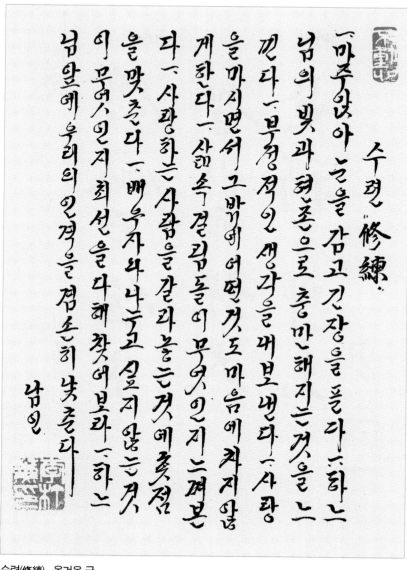

수련 修練

一 마주앉아 눈을 감고 긴장을 풀다 一하는
님의 빛과 죤죤으로 충만해지는 것을 느
낀다 一 무형적인 생각을 때보낸다 一사랑
을 마시면서 그밖에 어떤것도 마음에 치지않
게한다 一 삶의 속 걸림들이 무엇인지 느껴본
다 一 사랑하는 一 사람을 갈라놓는 것에 뜻점
을 맞춘다 一 배우자와 나누고 싶지 않는 것
이 무엇인지 최선을 다해 찾아보라 一하는
님 앞에 우리의 인격을 겸손히 낮춘다

남인

수련(修練) - 옮겨온 글

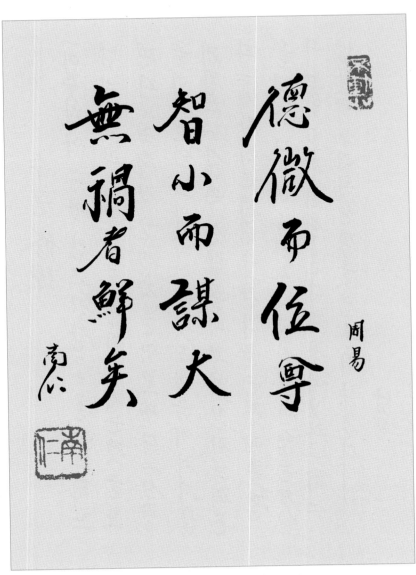

주역(周易)

덕미이위존 지소이모대 무화자선언
조그마한 덕이라도 존경받으며 부족한 지혜는 큰 것을 도모하고 화를 내지 않는자 고운 사람이다.

不安 混難 疑惑과 같은 느낌

에게 自由로워 지기까지 自問하여

自身이 充分히 理解할때 우리는

새로운 世界로 들어가는 智慧와

갈 길을 더 많이 인게 되리,

釋尊

南仁

석존(釋尊)

석가모니(釋迦牟尼), 인도샤카족의 성자

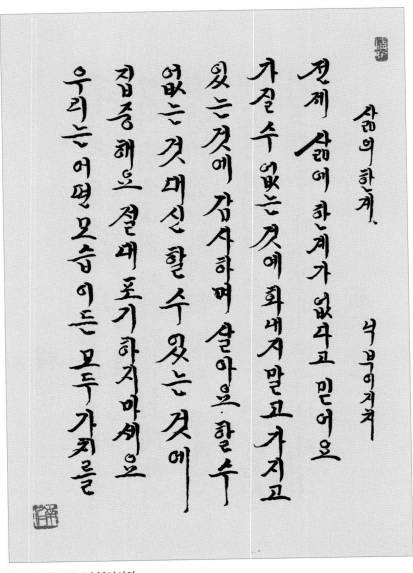

삶의 한계.   닉 부이치치

전제 삶에 한계가 없다고 믿어요
가질 수 없는 것에 화내지 말고 가지고
있는 것에 감사하며 살아요. 할 수
없는 것 대신 할 수 있는 것에
집중해요 절대 포기하지 마세요
우리는 어떤 모습이든 모두 가치를

삶의 한계(限界) - 닉 부이치치

Nicholas James Vujicic, 오스트레일리아 목사

지난 소중하고 아름다운 존재입니다

있는 모습 그대로 충분합니다 남들

과 비교하지 말고 자신을 사랑해요

자기를 늘리고 괴롭히는 사람에게

당신은 이미 충분히 멋진 사람이에요

날 괴롭힐 필요 없어요 당신을 사랑

합니다

남인 리정훈

"편견·偏見에 대하여" 황성호 신부

"편견"偏見"은 공정하지 못하고 한쪽으로 치우친 생각·선입견 예견 역즉이라는 의미로 편견의 시작은 자기 감각에의 해 정립된다 이렇게 정립된 대부분의 얼마나 주관적이고 비논리적인지 모른다 편견은 우울함이고 편견 결말은 폭력이다 우울함은 감각에의 형성된다. 감각은 비교하기를 좋아한다 감각은 지금보다 더 나은 편한함을

편견(偏見)에 대하여 - 황성호 신부

광주카톨릭 사회복지 부국장

원한다 감각은 자선을 먼저 생각하기에

이기적이고 배타적이다 감각은 만족함을

좋아하고 불편함을 거부하기에 우리를 탐

욕의 노예로 만들어버린다 이에 우리는 영

성을 통한 영적 식별을 통해 편견을 없

애는 것이 좋을 것입니다 ~

남인

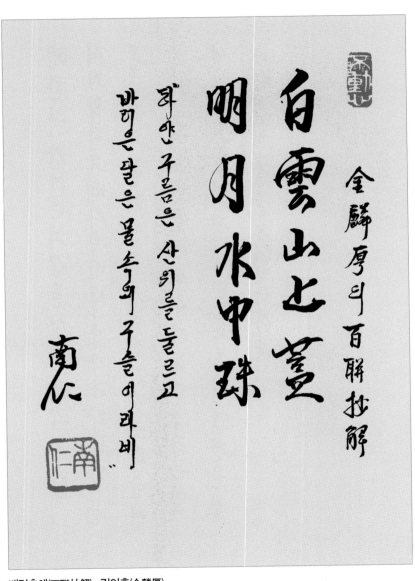

金麟厚의 百聯抄解

白雲山上墓
明月水中珠

흰 구름은 산 위를 둘르고
밝은 달은 물 속의 구슬이라네

백련초해(百聯抄解) - 김인후(金麟厚)

김인후(金麟厚, 1510-1560) 전남 장성 출신, 조선 중기의 문신, 성리학자, 해동18현인 중 한사람
백운산상개 명월수중주 / 저서 백련초해는 한시입문서

한국교회 일곱가지 회개할 죄악. 성결교회 한기채 목사

첫째. 영적 힘의 남용. 둘째. 공적인 것을 사유화하는 것. 셋째. 한목까다 선드르믹 넷째. 결꾀하면 법법정으로 가는 다둠. 다섯째. 한국교회 부흥의 공을 개인이 가로채는 것. 여섯째. 대사회적 책임의 방기. 일곱째. 무례한 기독교. "한국교회는 세계 기독교사에 없는 부흥을 이루어 냈다"

남인

한국교회 일곱 가지 회개할 죄악 - 한기채 목사
성결교회

장수 "長壽" "十決"

一"마음은 고기를 마셔라 "呼吸法" 一"마음은 물
을 마셔라 "茶道" 一"오기심을 죽여라 "參禪"

一"음식을 줄여로 구분게서 먹어라 "食餌療
法" 一"땀을 흘리는 등산을 하라 "丹田呼吸法"

一"정화된 소금 "新金"을 섭취하라 一"잠을
충분이 자라 "猷人膳法" 一"자세를 바르게 하

라 "坐法" 깨끗하게 배설하라 "快便法" 一"껀
강하게 살아있는 것을 만나라 " 남일

장수(長壽)의 십결(十決) - 옮겨온 글

"끌굿떼"의 의미 "백기완"

끌굿떼란 "끌리는 놈들이 굿하는 떼거리"라는
말이야. 끌린다는 것은 목숨마'런 부패와 타
락, 억압과 착취, 독점과 독재, 나아가 그것
을 눈가리고자하는 거짓과 강매, 위선, 사람
이 사람으로 살 수가 없는 세상인 "얄굿",
생명마'런 깽목숨 "반생명" 따위를 갈라쳐
패대를 하는 것, "우리말해 썩은 나무를 패듯 날날
이 밝히고자 하는 거야!

남포인

꼴굿떼의 의미(意味) - 백기완

백기완(白基琓, 1932-)은 대한민국의 시문학가 겸 소설가, 시민사회운동가, 통일운동가

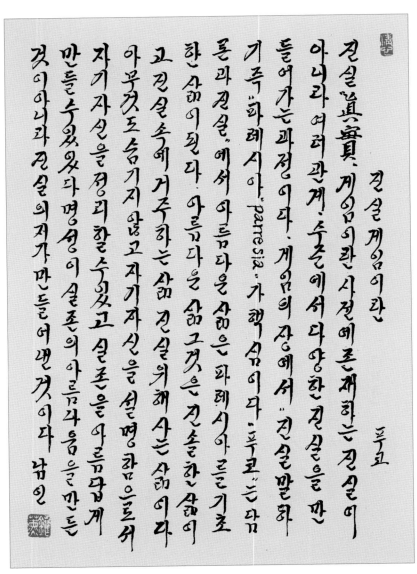

진실 眞實, 게임이란 사전에 존재하는 진실이
아니라 여러 관계, 수준에서 다양한 진실을 만
들어가는 과정이다. 게임의 장에서 "진실 말하
기 즉 "파레시아" parresia 가 핵심이다. 푸코 는 담
론과 진실, 에서 아름다운 삶은 파레시아를 기초
한 삶이 된다. 아름다운 삶 그것은 진솔한 삶이
고 진실 속에 거주하는 삶 진실 위해 사는 삶이다
아무것도 숨기지 않고 자기자신을 설명함으로써
자기자신을 정리 할 수있고 실존을 아름다움게
만들 수있다 명성이 실존의 아름다움을 만든
것이아니라 진실의 지가 만 들어낸 것이다 낡인

진실게임이란 - 푸코(Foucault)

Jean-Bernard-Léon Foucault(1819-1868) 프랑스의 물리학자, 빛의 절대속도를 아주 정확하게 측정하
는 기법을 도입·발전, 지구가 그 자신의 축을 중심으로 회전한다는 실험적 증거를 제공. 푸코의 진자

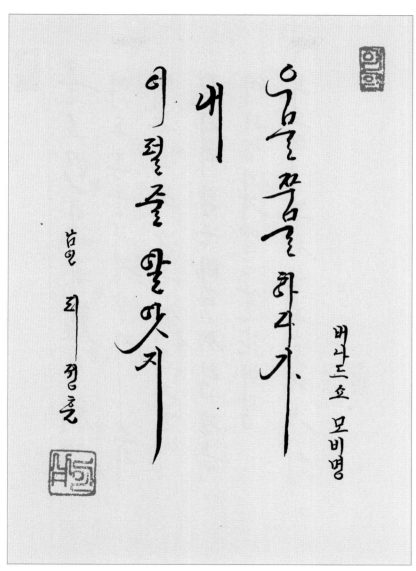

버나드쇼 묘비 명

George Bernard Shaw(1856-1950) 아일랜드 극작가, 문학 비평가

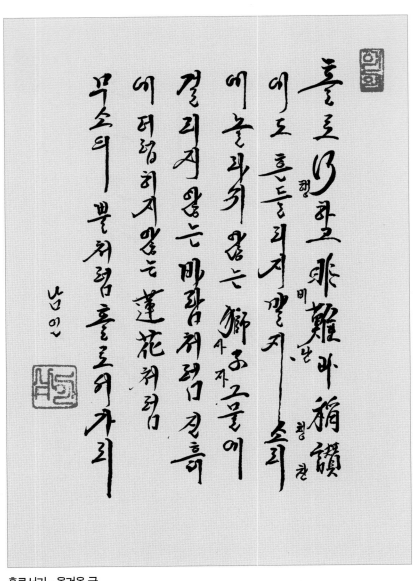

홀로서기 - 옮겨온 글

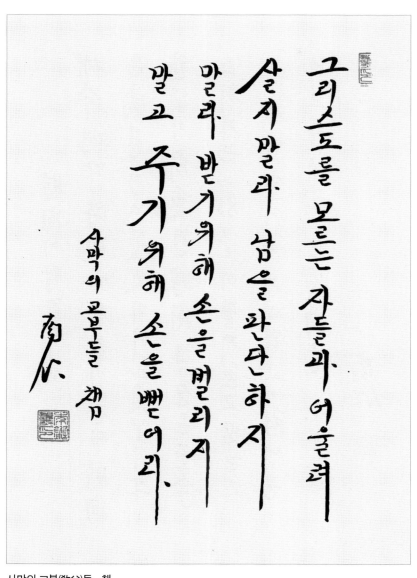

그리스도를 모르는 자들과 어울려 살지 말라. 남을 판단하지 말라. 반기위해 손을 빌리지 말고 주기위해 손을 빼어라.

사막의 교부들 챔

사막의 교부(敎父)들 - 챔

사막 교부(Desert Father)란 3세기 경에 시작된 주로 이집트의 스케티스 사막에서 생활한 은수자들, 금욕주의자들, 수사들, 수녀들을 말한다.

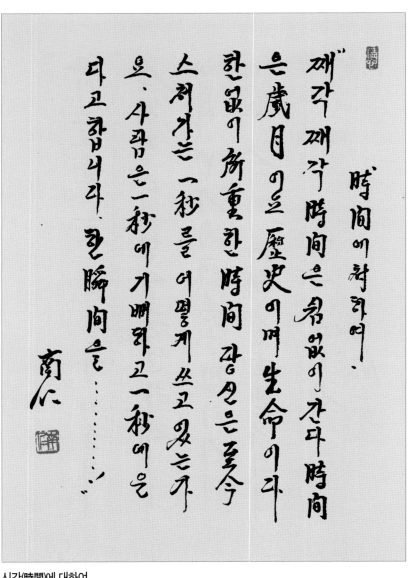

時間에 對하여

"째각째각 時間은 끝없이 간다 時間
은 歲月이요 歷史이며 生命이라
한없이 所重한 時間 값신은 듯 숨
스쳐가는 一秒를 어떻게 쓰고 있는가
요, 사람은 一秒에 기뻐하고 一秒에 울
다고 합니다. 한 瞬間을 ……"

南仁

시간(時間)에 대하여
'긍정의 한줄' 책 중에서

편견의 오류

편견 "偏見"은 자기 기준에서 판단해버린
다. 맨 뒤의 일 바르게 생각 안 하)다. 불확
실한 사실을 정당화해버린다. 정확한
확인절차가 없다. 자기 오류에 깨해는 감
어버린다 어떤 사실을 확실한 것처럼
공포함으로서. 삶에 큰 혼선 대인관계
에 불화를 일으킨다. 이에 자기 기준의
판단을 중화적으로 깊이 선택해야 한다.

남인

편견(偏見)의 오류(誤謬) - 옮겨온 글

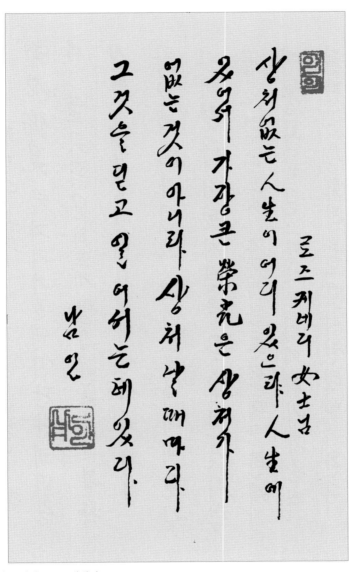

상처없는 인생을 人生이 어디 있으랴 人生에
있어서 가장 큰 榮光은 상처가
없는 것이 아니라 상처 날 때마다
그것을 딛고 일어서는 데 있다.

로즈 케네디 女士님

범인

상처없는 인생 - 로즈 케네디

Rose Elizabeth Fitzgerald Kennedy(1890-1995) 미국의 유명한 정치가, 문인, 케네디가의 여인

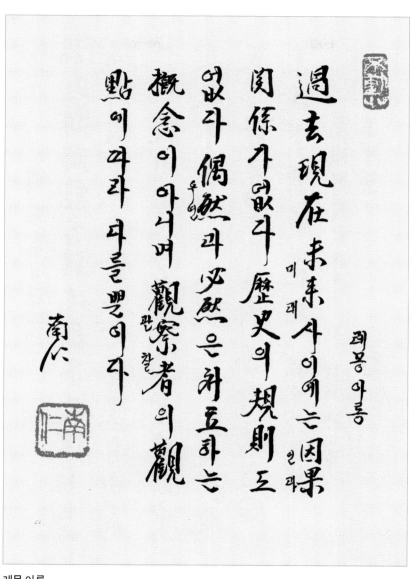

過去現在未來 사이에는 因果
關係가 없다 歷史의 規則도
없다 偶然과 必然은 對立하는
概念이 아니며 觀察者의 觀
點이다 따를 뿐이다

레몽 아롱

레몽 아롱

Raymond Claude Ferdinand Aron(1905-1983) 프랑스 사회학 철학교수

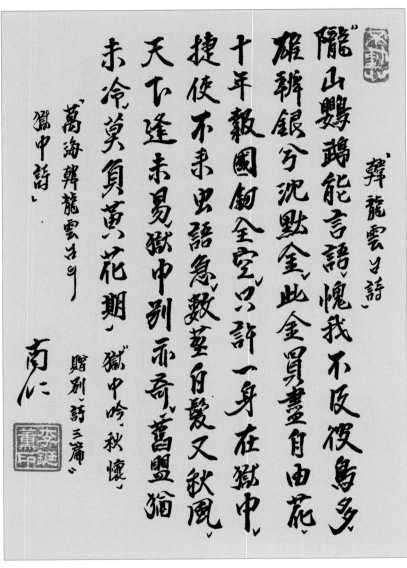

한용운(韓龍雲) 옥중 시

한용운(韓龍雲, 1879-1944) 승려, 시인, 독립운동가

한용운옥중시

농산앵무능언어 : 농산의 앵무새는 말을 곧 잘하는데
괴아불급피조다 : 그만도 못한 이 몸 부끄러워라.
웅변은혜침묵금 : 웅변은 은이요 침묵은 금이다
차금매진자유화 : 이 금으로 자유의 꽃을 사고 싶구나.
십년보국일전공 : 나라 위한 십년이 허사가 되고
지허일신재옥중 : 겨우 한 몸 옥중에 눕게 되었네.
첩사불래충어급 : 기쁜 소식 안 오고 벌레울음 요란한데
수경백발우추풍 : 몇 올의 흰머리 카락 또 추풍이 일어
천하봉미역 : 천하에 만나기도 쉽지 않치만
옥중별역기 : 옥중에서 헤어짐도 또한 기이해
구맹유미령 : 옛 맹세 아직도 식지 않았거든
박부황화기 : 국화와의 기약을 저버리지 말게.

천장강대임(天將降大任) - 맹자(孟子)

천장강 대림 어시타인 필선고심지 아기체부
공핍기신 행불난기소위 소이동심인성 증익기소불능

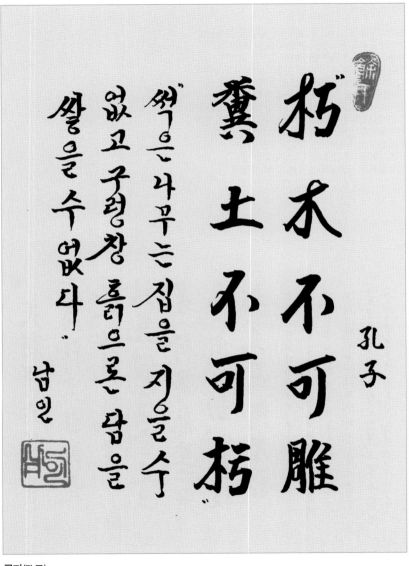

朽木不可雕
糞土不可杇

孔子

썩은 나무는 집을 지을 수
없고 구렁창 흙으로는 담을
쌓을 수 없다.

남인

공자(孔子)

공자(孔子, BC.551-BC.479) 중국 춘추시대 학자, 노(盧)나라 출신, 성인
후목불가조 분토불가오

나는 행복 합니다, 김수환 추기경

아침이면 태양을 볼수있고 저녁이면 별을 볼
수있는 나는 행복합니다 잠이들면 다음 날
아침 깨어날 수 있는 나는 행복합니다
꽃이랑 · 보고 싶은 사람을 볼 수 있는 눈 · 여기
의 온갖 거림과 자연의 모든 소리를 들을 수 있
키 · 사랑하다는 말을 할 수 있는 입, 기쁨과 슬
픔과 사랑을 느낄 수 있는 남의 아픔과 아파 해
줄 수 있는 가슴을 가진 나는 행복합니다

남인 리정훈

나는 행복합니다 - 김수환 추기경

김수환(金壽煥, 1922- 2009) 대구출생, 세례명 스테파노, 천주교 성직자, 사회운동가, 한국 최초 추기경

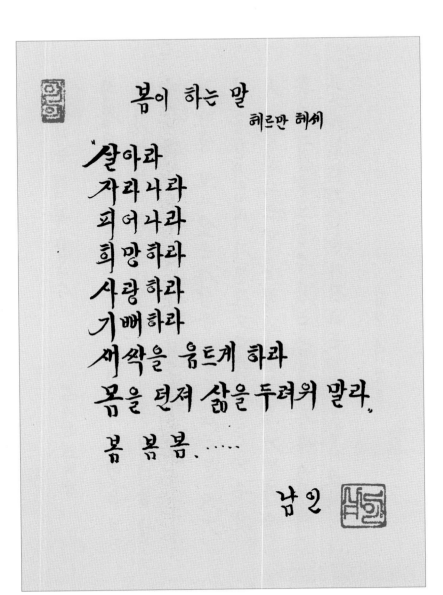

봄이 하는 말 - 헤르만 헤세

Herman Hesse(1877-1962) 독일계 스페인 시인, 소설가, 화가

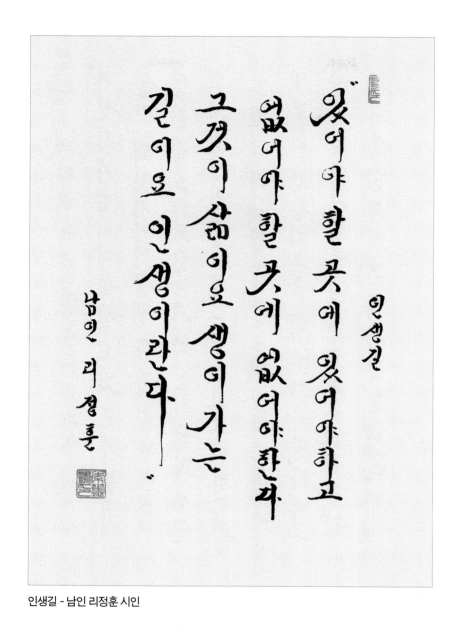

인생길

있어야 할 곳에 있어야 하고
없어야 할 곳에 없어야 한다
그것이 삶이요 생이 가는
길이요 인생이란다

남인 리정훈

인생길 - 남인 리정훈 시인

"내가 바른 삶을 살고 있는가"

"자신이 가끔 어디쯤 살고 있는가의
생각해 보자 내 심정은 건전 보편타
당한 길로 가고 있는가 자신이 남과 건실
하게 인간관계를 맺고 살려고 노력하는가
성현들의 깨달음을 느껴 보려고 하는가
내 몸이 건강하도록 힘을 기울인가 따뜻
곽까지 자기꿈을 실현하려고 하는가
정 이웃을 위해 봉사 사랑을 했는가

내가 바른 삶을 살고 있는가 - 남인 리정훈 시인

일부 옮겨온 글

진정 자기의 양심을 저울에 달아보고
신에게 물어 보았는가? 권실과 허위 간
살아가기 해 얼마나 적금을 하고 있
는가 나는 우주 만상 "자연" 과 얼마나
합치하며 살고 있는가?

남인

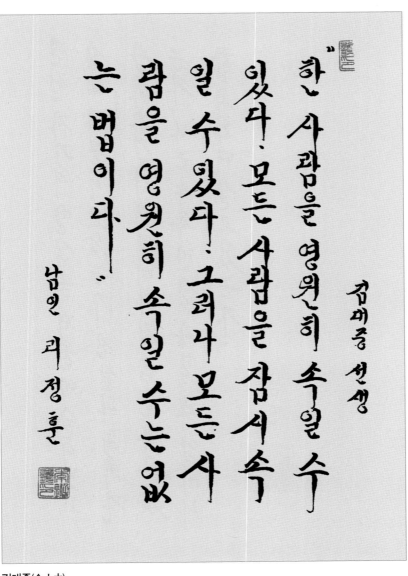

한 사람을 영원히 속일 수 있다. 모든 사람을 잠시 속일 수 있다. 그러나 모든 사람을 영원히 속일 수는 없는 법이다.

김대중 선생

남인 리정훈

김대중(金大中)

김대중(金大中 1924-2009) 호는 후광, 전남 무안군 하이면 후광리 출생, 제15대 대통령, 노벨평화상 수상(200년), 민주진영지도자.

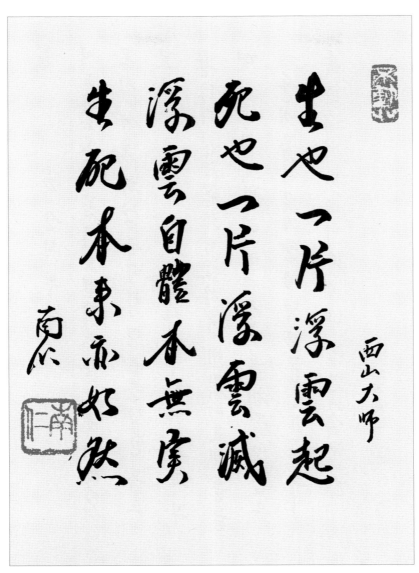

서산대사(西山大師)

법명 휴정(休靜), 평안남도 출생, 조선시대 고승
생야일편부운기 : 살아 있는 것도 한조각 뜬 구름이요 / 사야일편부운멸 : 죽는것도 한조각 뜬구름으로 사라진 것이요
부운자체본무실 : 뜬 구름 자체가 본래실체가 없는 것인데 / 생사본래역여연 : 살고 죽는 것이 다 그런 것일세.

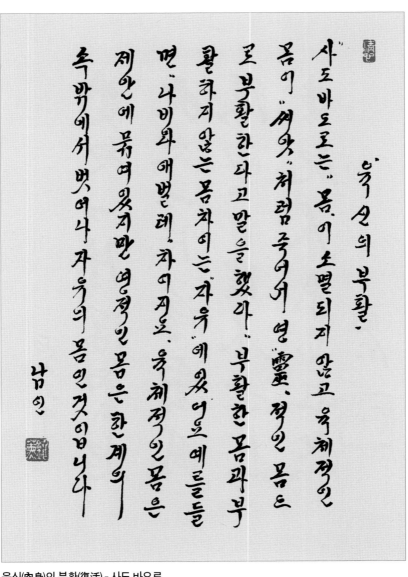

육신의 부활,

사도바오로는 몸이 소멸되지 않고 육체적인 몸이 "씨앗"처럼 죽어서 영, 靈, 적인 몸으로 부활한다고 말을 했다. 부활한 몸과 부활하지 않는 몸차이는 자유에 있어요. 예를 들면, 나비와 애벌레, 차이지요. 육체적인 몸은 제안에 묶여 있지만 영적인 몸은 한계의 속밖에서 벗어나 자유의 몸인 것입니다

육신(肉身)의 부활(復活) - 사도 바오로

바울(개신교), 바오로(천주교), 바울로(정교회, 성공회) 초기 기독교 사도

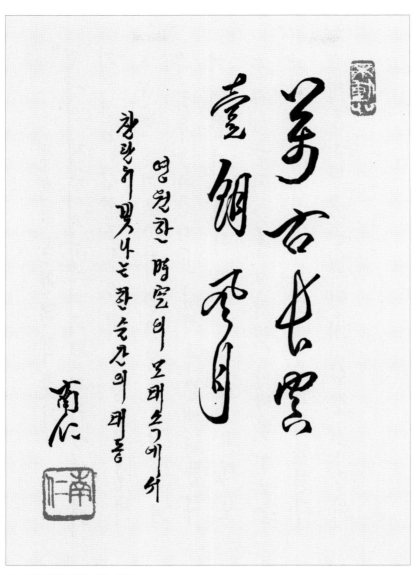

만고장공 일조풍월 - 불교 명상

"절제를 통한 행복 찾기,

인생의 많은 어려움은 자기절제의 실패에서

기인한다. 감정조절, 실패 욕망조절 실패

로 불행을 자초한다. 일반적으로 성인의 경

우 하루 3시간 정도 감정 욕망에 저항하

기위한 자기와의 싸움이 있다고 한다. 보

통 사람들이 각종 인터넷, 이메일 TV등

에 30여개 웹사이트를 방문한다고 한다.

이에 중요한 것은 어떻게 감정, 욕망의

절제(切除)를 통한 행복(幸福) 찾기

'프레젠트' 책중에서

절제의 능력을 키워 스스로의 평온과
행복을 가져올 수 있을까 이에 중요
한 것은 자기의 심성을 닦으며 습관을
바꾸려고 꾸준히 노력하는 것이다. 그러면
자연스럽게 절제 능력이 더불어져 자
유로움과 평온을 찾고 행복해질 것
입니다

'프레젠트 책에서 옮긴글 남인

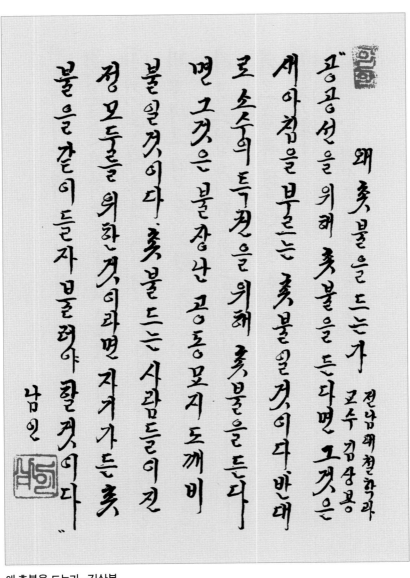

왜 촛불을 드는가

전남대 철학과 교수 김상봉

"공공선을 위해 촛불을 든다면 그것은
새아침을 부르는 촛불일 것이다. 반대
로 소수의 특권을 위해 촛불을 든다
면 그것은 불장난 공동묘지 도깨비
불일 것이다. 촛불 드는 사람들이 진
정 모두를 위한 것이라면 지켜가든 촛
불을 같이 들자 불을 켜야 할 것이다."

남인

왜 촛불을 드는가 - 김상봉
부산 출생, 전남대학교 철학과 교수, 거리의 철학자

山에서 배우는 것은,
山은 沈默의 德을 배운다.
莊嚴 참의 어름다움을 배운다
造化의 眞理를 터득한다
友情을 알게 한다
眞實의 精神을 깨달은다
人間의 限界를 認識한다

南仁

산에서 배우는 것은 - 옮겨온 글
어느 신문 기사 중에서

"어리석지 않는 選擇"

"永遠한 것을 얻기위하여 永遠하지 않는 것을 버리는 자는 결코 어리석지 않다."

"He is no fool. who gives what he can not keep to gain that which He can not Lose.

"짐 엘리어트.

"에콰도르에서 순교한 美國 선교사.

"프레선트 책중에서.
남인

어리석지 않은 선택 - 짐 엘리어트

Jim Eliot(1927-1956) 에콰도르에서 순교한 미국선교사(침례교)

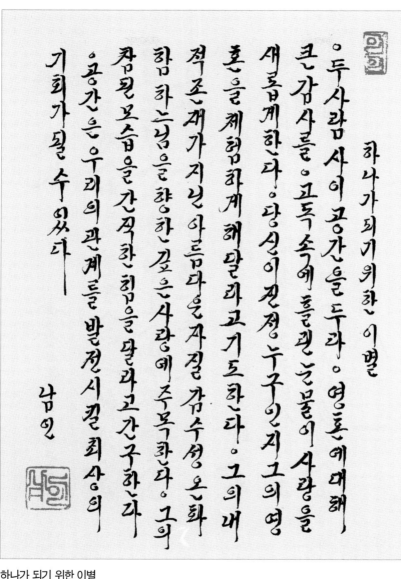

하나가 되기 위한 이별

○두 사람 사이 공간을 두라。영혼에 대해
큰 감사를。고독 속에 흘렸던 눈물이 사랑을
새롭게 한다。당신이 진정 누구인지 그의 영
혼을 체험하게 해달라고 기도한다。그의 내
적 존재가 지닌 아름다운 자질 감수성 온화
함 하느님을 향한 깊은 사랑에 주목한다。그의
참된 모습을 간직한 힘을 달라고 간구한다
○공간은 우리의 관계를 발전시킬 최상의
기회가 될 수 있다——

남인

하나가 되기 위한 이별

登山級數

一級 無眠入山 二級 遊手入山 三 飲酒入山

四級 花草入山 五級 中途入山 六級 攝生入山

七級 證明入山 八級 他人依存入山

一段 小山入山 二段 不立入山 三段 回歸入山

四段 自我入山 五段 雪山入山 六段 合計入山

七段 面氷入山 八段 面壁入山 九段 夜間入山

無等日報 光州 七설引兄

南仁

등산급수 - 윤종채
무등일보 논설 중에서 옮겨온 글

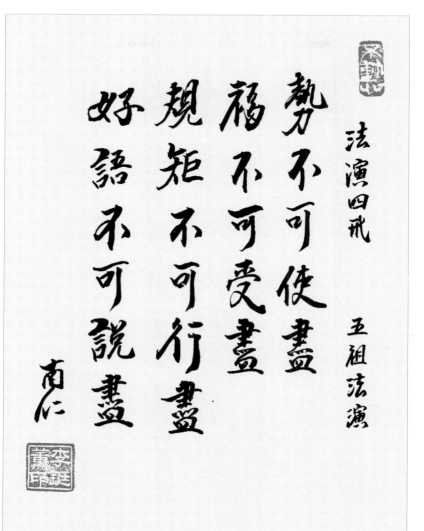

법연사계(法演四戒) - 오조법연(五祖法演)

11세기 송나라 승려, 선불교 47대 조사스님
세불가사진 : 힘(세력)이 있어도 다 쓰지 말아라. / 복불가수진 : 복이 있어도 다 받지 말아라.
규거불가행진 : 규칙이 있어도 다 지키지 않음이니라. / 호어불가설진 : 좋은 말이 있어도 다 얘기하지 말지니라.

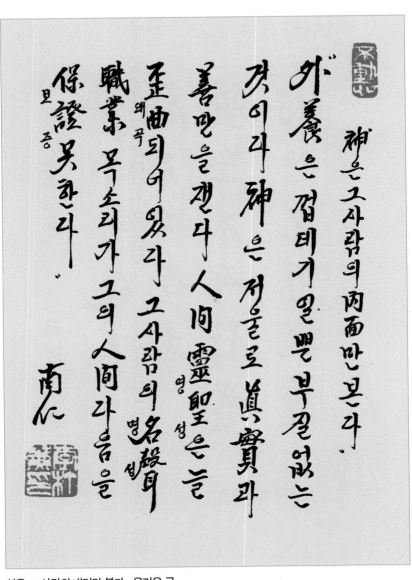

神은 그 사람의 內面만 본다,
外養은 껍데기일 뿐 부질없는
것이라 神은 저울로 眞實과
善만을 잰다 人間 靈聖은 늘
歪曲되어 있다 그 사람의 名聲이
職業 목소리가 그의 人間다움을
保證 못한다

南仁

신은 그 사람의 내면만 본다 - 옮겨온 글

이런 친구

남인

"앞에서 칭찬 보다 뒤에서 비판 말
고 받았는데 웃기해도 외면되지 않으
며 진실 하므에 가식을 의 장하지 않
으며 여유가 없는 때에도 인색하지
안되며 신의를 지키면서 목숨도
대신하는 편치않는 친구가 되게 하
소서 ─

이런 친구 - 옮겨온 글

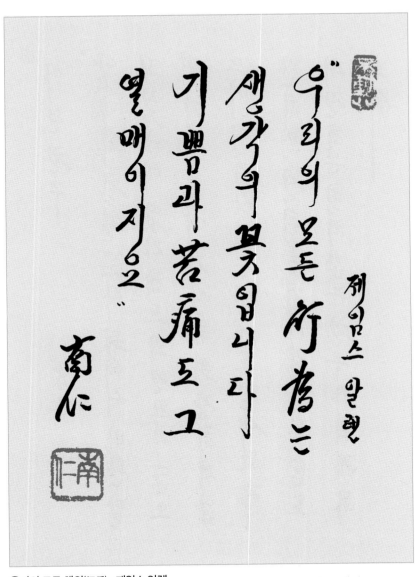

우리의 모든 행위(行爲) - 제임스 알렌

Sir James Allen(1855-1942) 뉴질랜드 정치가

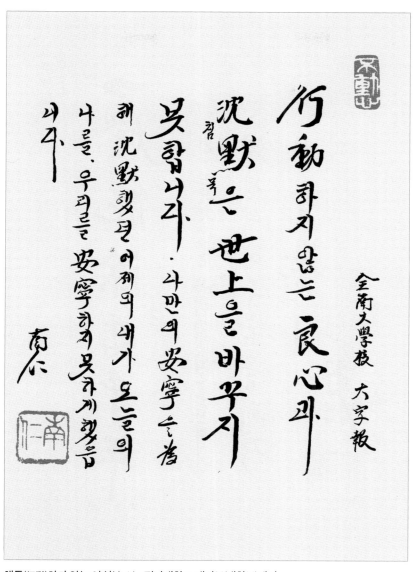

행동(行動)하지 않는 양심(良心) - 전남대학교 대자보(대학보)에서

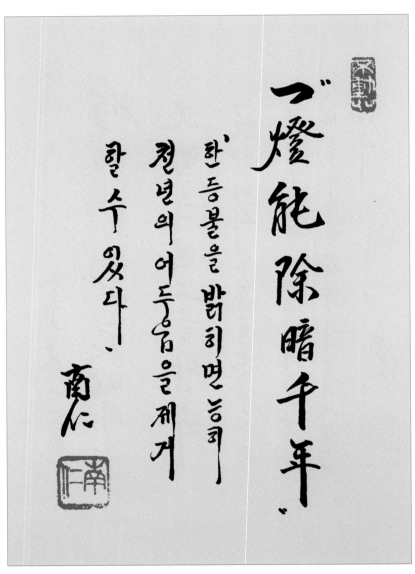

一燈能除暗千年

한 등불을 밝히면 능히

천년의 어두움을 제거

할 수 있다.

南仁

일등능제암천년 - 남인 리정훈 시인

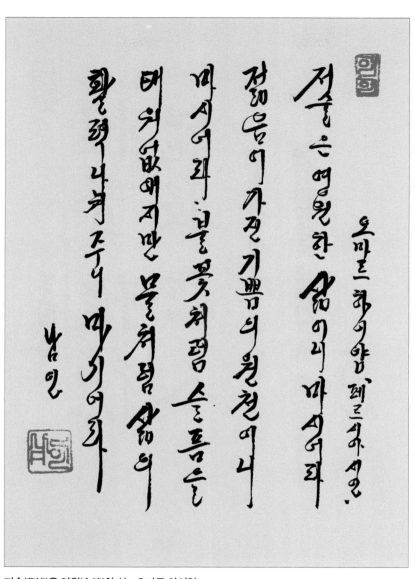

저술(著述)은 영원(永遠)한 삶 - 오마르 하이얌

Omar Khayyam(1048-1131) 중세 페르시아 수학자, 천문학자, 시인

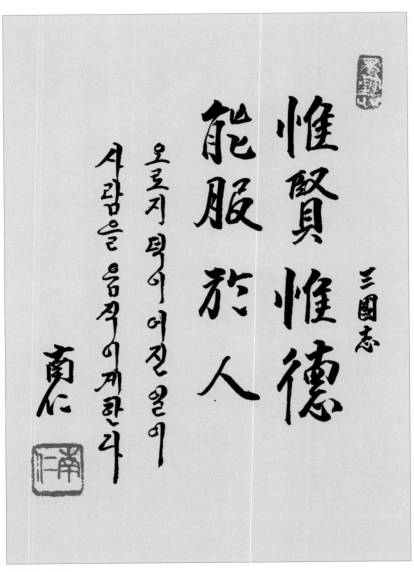

삼국지(三國志)

중국 원나라때 소설가 나관중이 지은 장편 역사소설, 서진(西晉)의 진수가 쓴 삼국지 저작(290년경 저술)을 취재로 그 바탕을 둠

유현유덕 능복어인

시경(詩經)

매경한고 발청향 인봉간난 현기절

마음을 열어주는 지혜, 영혼에 빛을!

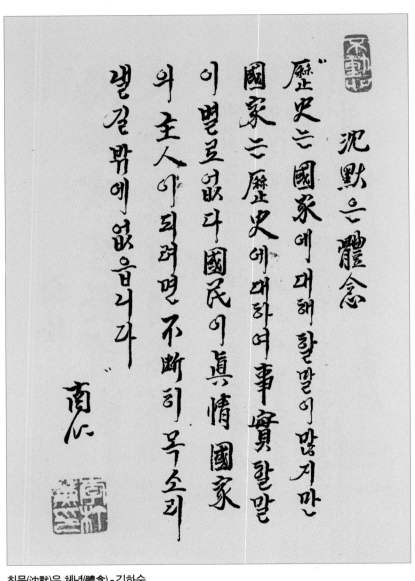

沈默은 體念

"歷史는 國家에 대해 할말이 많지만
國家는 歷史에 대하여 事實 할말
이 별로 없다 國民이 眞情 國家
의 主人이 되려면 不斷히 목소리
낼길 밖에 없읍니다

침묵(沈默)은 체념(體念) - 김하수

연세대 교수

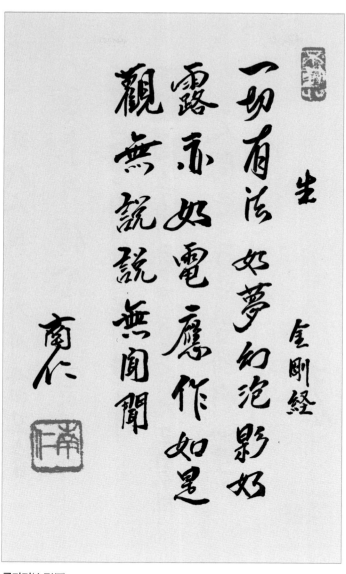

생(生) - 금강경(金剛經)

일체유법여몽 : 일체만물의 생명은 꿈과 같고
환포영여로역여전 : 환상 물거품 그림자와 같으며 이슬과 같고 번개와 같으니
응작여시관 : 마땅히 이같이 보아야 한다.
무설설무문문 : 말 한 바 없이 말하고 듣는 바 없이 듣는다.

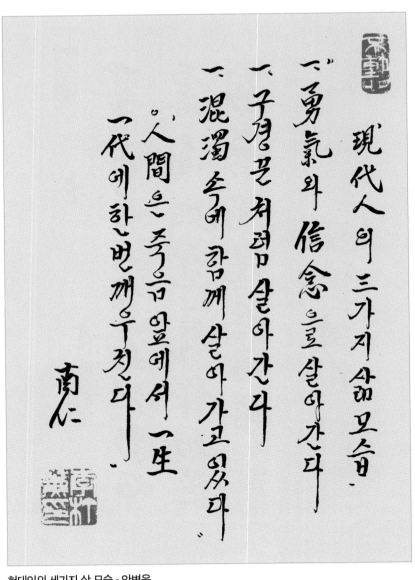

現代人의 三가지 삶의 모습.

"勇氣와 信念으로 살아간다"

一, 군중꼳 처럼 살어간다

一, 混濁 속에 함께 살어 가고 있다

"人間은 죽음 앞에서 一生
一代에 한번 깨우친다"

南仁

현대인의 세가지 삶 모습 - 안병욱

안병욱(安秉煜, 1920-2013) 철학자, 수필가

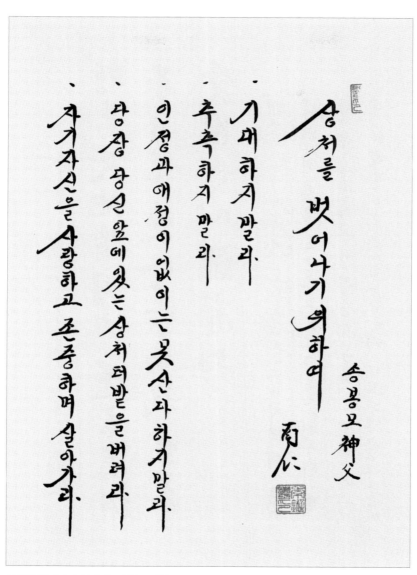

상처를 벗어나기 위하여 - 송봉모 신부

마음을 열어주는 지혜, 영혼에 빛을!

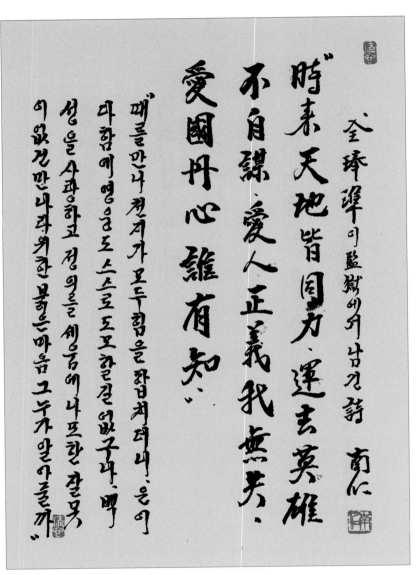

全琫準이 監獄에서 남긴 詩 南仁

時來天地皆同力 運去英雄
不自謀 愛人正義我無失
愛國丹心誰有知

때를 만나 천지가 모두 힘을 합치더니 운이
다함에 영웅도 스스로 도모할 길 없구나. 백
성을 사랑하고 정의를 세움에 나 또한 잘못
이 없건만 나라 위한 붉은 마음 그 누가 알아줄까.

전봉준(全琫準)이 감옥에서 남긴 시

전봉준(全琫準, 1855 철종 6년-1895 고종 32년) 호는 해몽, 전북 고창 출신, 조선말기 동학농민운동 지도자
시래천지 개동력 운거영웅부자모
애인정의 아무실 애국단심수유지

광명"光明"의 몸"身" 다라니경

"불신장"佛身藏"자비장"慈悲藏"묘법장"
묘법藏"선정장"禪定藏"허공장"虛空"
藏"무외장無畏藏"묘어장"妙語藏"상
주장"常住藏"해탈장"解脫藏"약왕장
藥王藏"신통장"神通藏"
"佛의 나라를 마음대로 旅行하려면 一○八番외
우고 修行하면 이루어진다"

광명(光明)의 몸 - 다라니경(陀羅尼經)
대승불교 경전의 하나

이제 마음에 물어라 - 세월호 이야기(은유 김지영)
대한민국 작가, 세월호 참사 기록

佛教의 本質

佛教의 本質은 참나를 찾는 것입니다. 참나를 찾아가는 旅程이며 아무條件이나 統制 差別 地位없는 自律的 存在가나옵니다

南仁

불교(佛敎)의 본질(本質)
불교백과사전 '참선(參禪)'에서

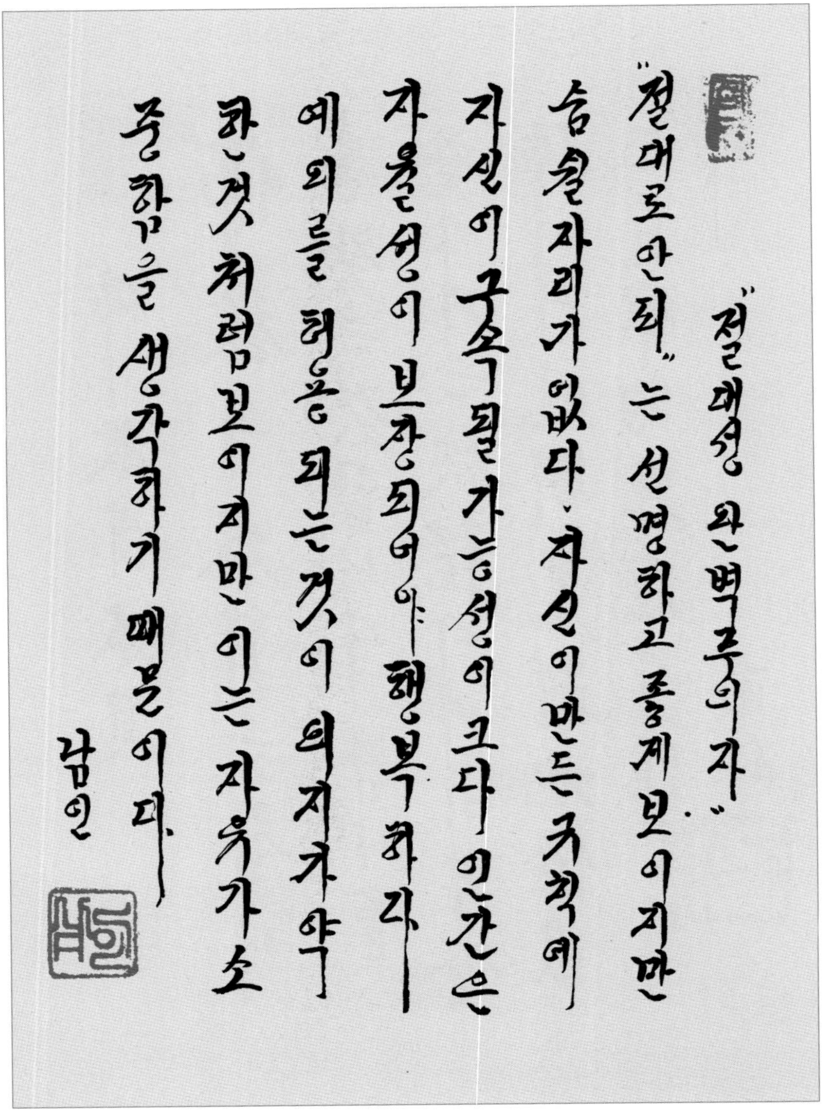
"절대성 완벽주의자"
"절대로 안되"는 선명하고 좋게 보이지만
숨 쉴 자리가 없다. 자신이 만든 규칙에
자신이 구속될 가능성이 크다. 인간은
자율성이 보장되어야 행복하다
예외를 허용 되는 것이 의지가 약
한 것 처럼 보이지만 이는 자유가 소
중함을 생각하기 때문이다.
남인

절대성 완벽주의자 - 옮겨온 글

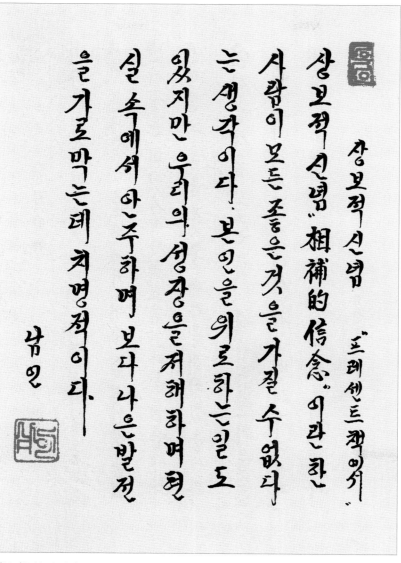

상보적(相補的) 신념(信念)

'프레센터' 책 중에서

향원익청   곽병찬

내 마음 속의 불도 못 끄면서 어찌 남의 불을 끄겠
다고.. 한나절은 숲 속에서 새울음 소리를 듣고
반나절은 바닷가에서 쾌조음 소리를 듣습니다
언제쯤 새울음 소리를 내가 듣게 되겠읍니까
삶의 즐거움 모르는 놈이 죽음의 즐거움을
알겠느냐 어차피 한마리 기는 벌레가 아니저
냐 이 마음 숲에서 사는 새의 먹이로 가야겠다

남인

향원익청(香遠益淸) - 곽병찬
한겨레신문 논설위원

속도위반의 생각

지금 우리의 사회는 생각의 속도가
너무 빠르다. 어떤 장면, 자동차 속
도 인터넷, 배달, 충전, 언어 영화 드
라마, 등 이런 속도의 위반으로 위험
한 결정이 스스로를 망가지게 한다
생각은 속도의 명백이 아니라 생각
은 길이와 방향성 명백이라

남인

속도위반의 생각 - 옮겨온 글

세상을 이해하는 것과 왜곡하는 것은 동전의 양면과

".마음의 투사."　최병건 정신과의사.

같은 것입니다. 이해하려면 나만의 시각이 있어야

하지만, 나만의 시각은 곧 선입견 혹은 편견을 의

미합니다. 우리는 제멋대로 세상을 봅니다. 늘 바깥

세상에 타인에게 내 마음을 투사해 나만의 세상

나만의 타인을 창조해냅니다. 그것이 우리가 쉬

상을 이해하고 세상과 관계 맺을 수 있는 유일한

방법입니다. 왜 마음 속의 어떤 상황 환상 혹은

이미지가 타인에게 투사되느냐에 따라 그 사람의

마음의 투사(投射) - 최병건

정신과의사

모습이 정해지너라 좋은 환상이 투사되면 이상

화"理想化"가 일어납니라 그렇게 되면 그 사람은

멋지고 훌륭한 사람이 됩니라 무서운 환상이

투사되면 그 사람은 두려운 사람이 되고 나쁜

환상이 투사되면 그 사람은 증오와 경멸의

대상이 됩니다... 마음속 환상을 투사해서

세상을 이해한다는 것은 왜곡이 되고 세상을

큰 혼란으로 빠지게 합니다 ————

남원

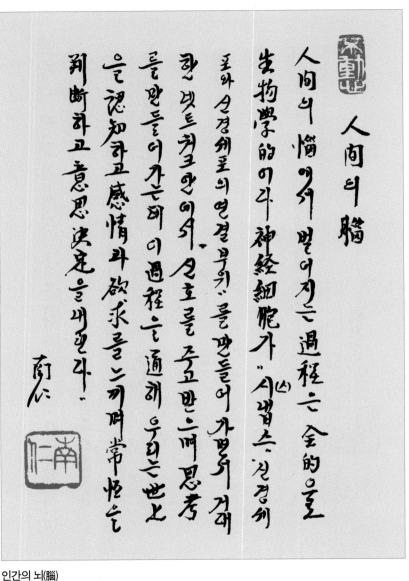

인간의 뇌(腦)

'뇌를 움직이는 마음, 마음을 움직이는 뇌(성영신 강은주 김성일 공저)' 책 중에서

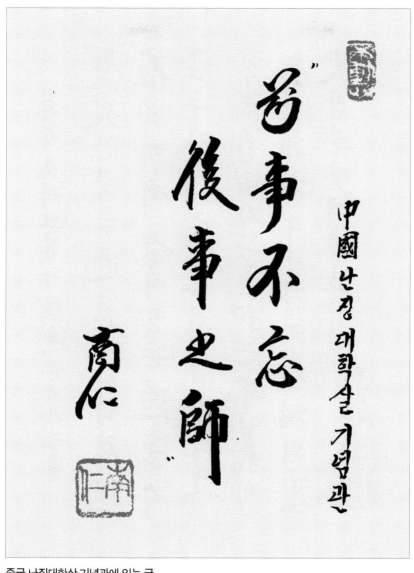

중국 난징대학살 기념관에 있는 글

전사불망 : 지난 일을 잊어서는 안되며,
후사지사 : 후에 그 일을 스승으로 삼아라.

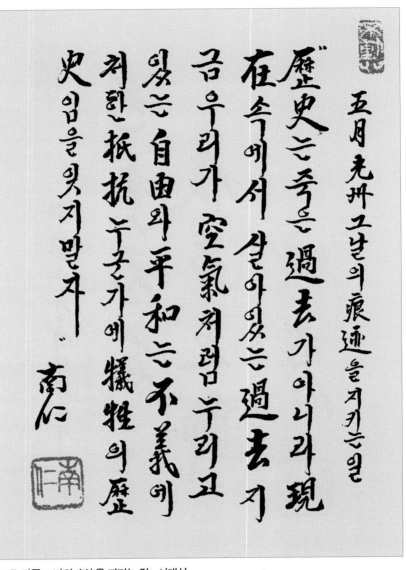

五月 光주 그날의 痕迹을 지키는 일 - 서대석

광주광역시 서구청장, 무등일보 기고문 중에서

"오한묵시록 이십일장 삼절"

"이제 하느님의 집은 사람들이 사는 곳에 있다 하느님은 사람들과 함께 계시고 사람들은 하느님의 백성이 될 것이다 하느님께서는 친히 그들과 함께 계시고 그들의 하느님이 되셔서 그들의 눈에서 모든 눈물을 씻어주실 것입니다"

남인

요한묵시록 21장 3절

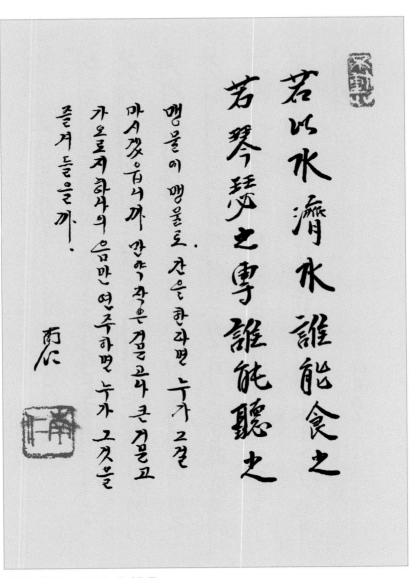

약이수제수(若以水濟水) - 옮겨온 글

약이수제수 수능식지 약금슬지전 수능청지

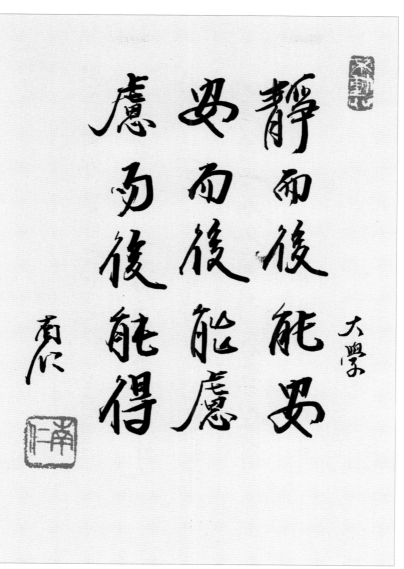

대학일경(大學一經)

정이후능안 : 고요함이 온 뒤에야 평안할 수 있고,
안이후능려 : 편안함 후에야 생각할 수 있고,
려이후능득 : 생각한 후에야 얻을 수 있다.

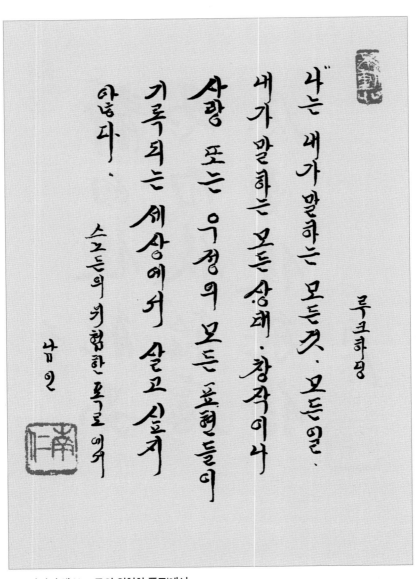

나는 내가 말하는 모든것 · 모든일 · 내가 말하는 모든 상태 · 창작이나 사랑 또는 우정의 모든 표현들이 기록되는 세상에서 살고 싶지 않다. · 루크하딩

스노든의 위험한 폭로에서 남인

루크하딩의 책 '스노든의 위험한 폭로'에서
스노든(Philip Snowden, 1864-1937) 영국 출생. 정치가

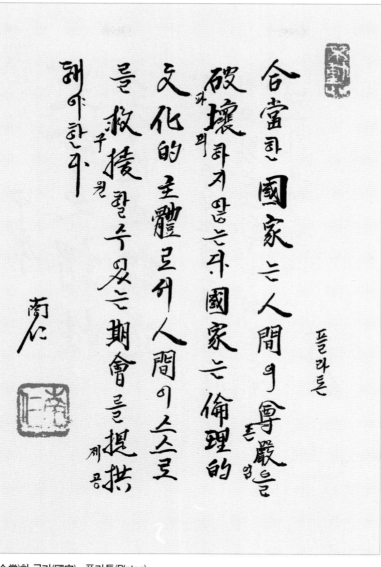

合當한 國家는 人間의 尊嚴을
破壞하지 않는다 國家는 倫理的
文化的 主體로서 人間이 스스로
를 救援할 수 있는 期會를 提供
해야 한다

플라톤

합당(合當)한 국가(國家) - 플라톤(Platon)
그리스의 위대한 철학자

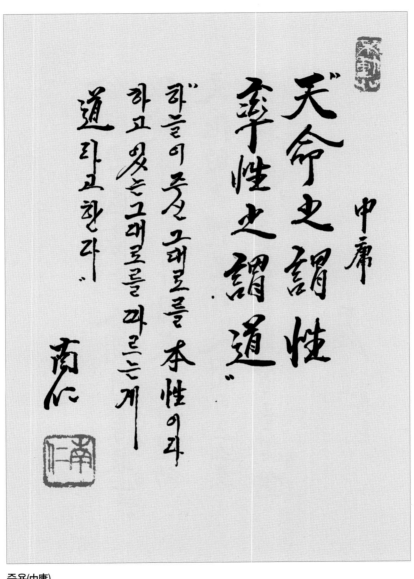

中庸

天命之謂性
率性之謂道

"하늘이 준 그대로를 本性이라
하고 있는 그대로를 따르는게
道라고 한다"

중용(中庸)

천명지위성 솔성지위도

자신이 사랑받고 있다는 사실을 가장 잘 아는 사람이 가장 깊이 사랑한다는 말은 사실이다. 용서를 잘 하는 사람은 용서를 받는 사람이다. 우리의 노력 가운데 가장 훌륭한 것은 하느님의 깊고 깊은 사랑을 드러내는 것이다.

용서(容恕) 받는 사람 - 스티브 구디어

미국 칼럼니스트

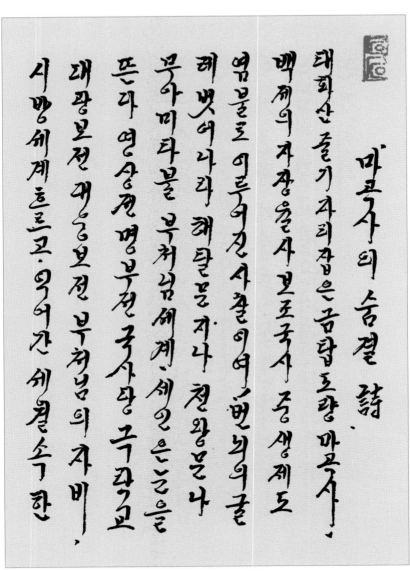

마곡사(麻谷寺)의 숨결 - 남인 리정훈 시인

1172년 보조국사 지눌이 충청남도 공주시 사곡면 태화산에 중창한 절

그루칸라몬은 이야기. 일본인 도오카쯔

가에 칼날에 서혜된 명성황후 한 민

족 통한 불름이여, 민족의 영웅호

국의 참사랑 백범 김구선생님 ...

일본인 장고척살하고 독살의 범어

심은 소나무, 황후의 원혼 위로하니

그 향기 온누리에 뿌려지구려 ————

남인

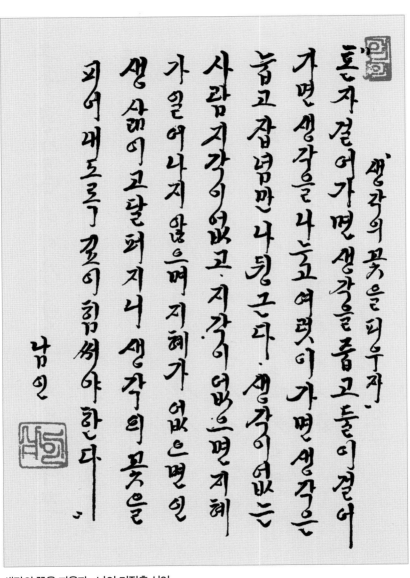

생각의 꽃을 피우자 - 남인 리정훈 시인

일부 옮겨온 글

온 100 즈믄 1,000 골 1,0000 잘(憶) 조(兆) 경(京) 해(垓) 제(秭)
양(穰) 구(欀) 간(澗) 정(正) 재(載) 극(極) 하으하사
(恒河沙)아승기(阿僧祇)나유타(那由
他)不可思議(불가사의)無量大數(一
무량대수) 억(10^8) 조(10^{12}) 경(10^{16}) 해(10^{20}) 자(10^{24}) 양(10^{28}) 구(10^{32})
간(10^{36}) 정(10^{40}) 재(10^{44}) 극(10^{48}) 항하사(10^{52}) 아승기(10^{56}) 불가사의
(10^{64}) 나유타(10^{60}) 무량대수(∞) ~ (10^{88}) ~ 골(10^{100}) 나믹인

數字、

우리의 숫자(數字)

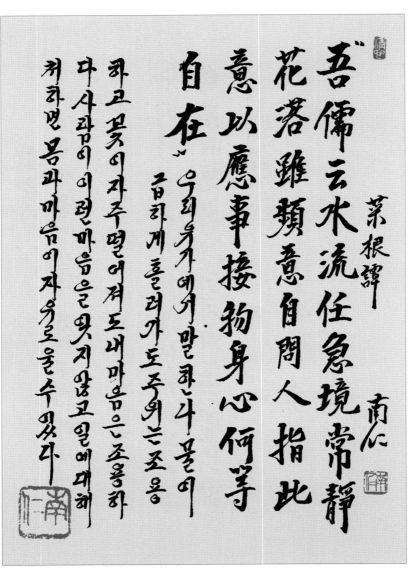

菜根譚　南仁

吾儒云水流任急境常靜
花落雖頻意自閒人指此
意以應事接物身心何等
自在

우리 유가에게 말하노라 물이
급히 흘러가도 주위는 조용
하고 꽃이 자주 떨어져도 내 마음은 조용하
다 사람이 이런 마음을 갖지 않고 일에 대해
처리면 몸과 마음이 자유로울 수 있다

채근담(菜根譚)

중국 명나라 때 홍자성(洪應明)이 지은 통상적 처세철학서
오유운 수류임급경상정 / 화락수빈의 자문인지차 / 의이응사접물신심하등자재

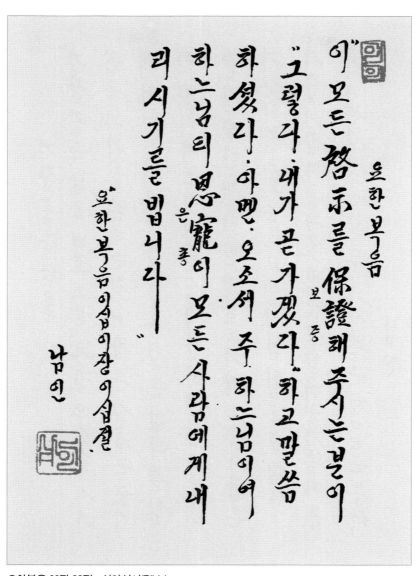

요한복음

이 모든 啓示를 保證해 주시는 분이

"그렇다. 내가 곧 가겠다." 하고 말씀

하셨다. 아멘. 오소서 주 하느님이여

하느님의 恩寵이 모든 사람에게 내

리시기를 빕니다

요한복음 이십이장 이십절

남인

요한복음 22장 20절 - 신약성서(Bible)

가장 좋은 선물

"가장 좋은 날은 바로 오늘, 가장 무서운 사기
끈은 자기를 속이는 것, 가장 큰 실수는 포기
해버리는 것, 가장 어리석은 일은 남의 결점
만 찾아내는 것, 가장 심각한 파산은 의욕
을 상실한 채 텅빈 영혼, 지혜로운 사람은
자신이 참으로 옳다고 생각한 바를 실행한
사람 가장 아름다운 믿음의 열매는 기쁨과
유, 나쁜 감정은 질투, 가장 좋은 선물은 용서

남인

가장 좋은 선물 - 옮겨온 글

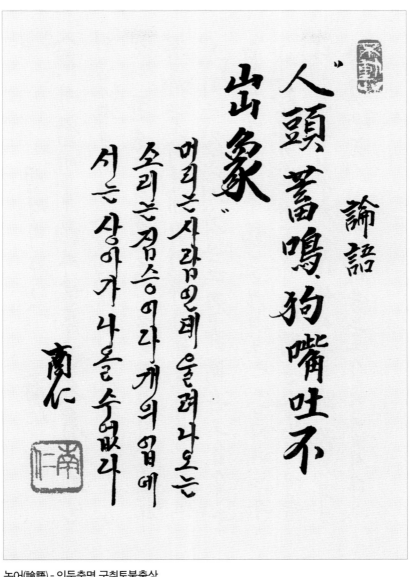

人頭菖鳴 狗嘴吐不 山象

論語

머리는 사람인데 울려나오는
소리는 짐승이라 개의 입에
서는 상아가 나올 수없다

南仁

논어(論語) - 인두축명 구취토불출상

人間의 삶에 幸福과 苦痛은 各者가지는

마음에서 일어난 合理的 判斷에 따라 일르러

진다 한 순간의 소통을 한 먼 생각이 苦悶과

苦痛으로 머물게 되며 과거 현재 미래를 通

察하는 길은 생각으로 참判斷은 그自身을

自由·平和 幸福을 가져오는 들이며 누구

나 思慮깊은 생각의 判斷은 人生의 아름

다운 꽃을 피울것입니다 이를위해 꿈은 무

름·젓은는 깨어있는 마음으로 살아갑시다

생각의 판단 · 南仁

생각의 판단(判斷) - 송봉모 신부

'상처와 용서' 책 중에서

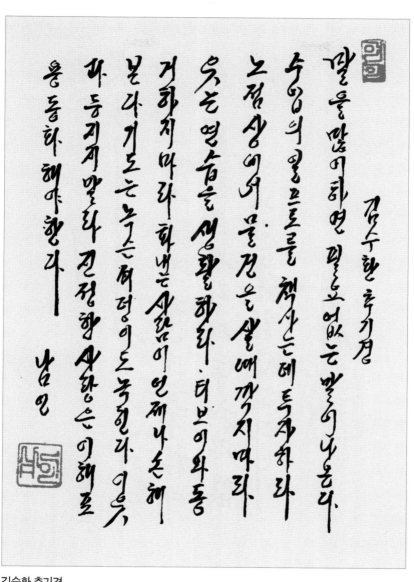

말을 많이 하면 필요 없는 말이 나온다.

수많의 말을 흐르를 적게는데 특자하라

그전 상에서 물건은 살 때 깎지마라

웃는 연습을 생활화 하라. 티브의와 등

거하지마라 화내는 사람이 언제나 손해

본다 기도는 누군 혜정이도 녹인다 이웃

자 등지지말라 진정한 사랑은 이해요

용 등화 해야한다 — 남인

김수환 추기경

김수환(金壽煥, 1922-2009) 대한민국 천주교 성직자, 사회운동가

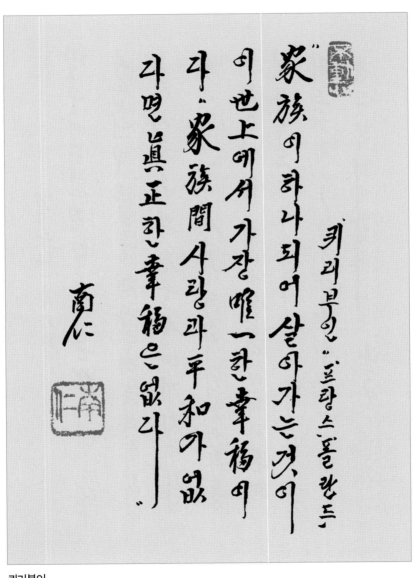

"家族이 하나되어 살아가는 것이 이 世上에서 가장 唯一한 幸福이다. 家族間 사랑과 平和가 없다면 眞正한 幸福은 없다."

퀴리부인 "프랑스,폴란드,"

南仁

퀴리부인

Marie Sklodowska-Curie(1867-1934), 폴란드 출신 프랑스의 세계적인 과학자

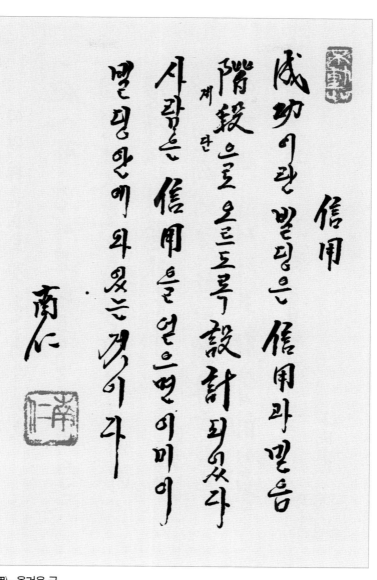

信用

成功이란 빌딩은 信用과 믿음

階段으로 오르도록 設計되있다
계단

사람은 信用을 얻으면 이미이

빌딩안에 와있는것이다

南仁

신용(信用) - 옮겨온 글

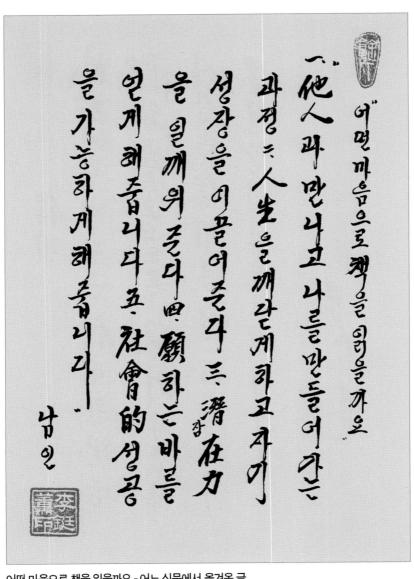

어떤 마음으로 책을 읽을까요

一 "他人과 만나고 나를 만들어가는

과정 二 人生을 깨닫게 하고 자기

성장을 이끌어준다 三 潛在力

을 일깨워준다 四 願하는 바를

얻게해줍니다 五 社會的 성공

을 가능하게 해줍니다"

남은

어떤 마음으로 책을 읽을까요 - 어느 신문에서 옮겨온 글

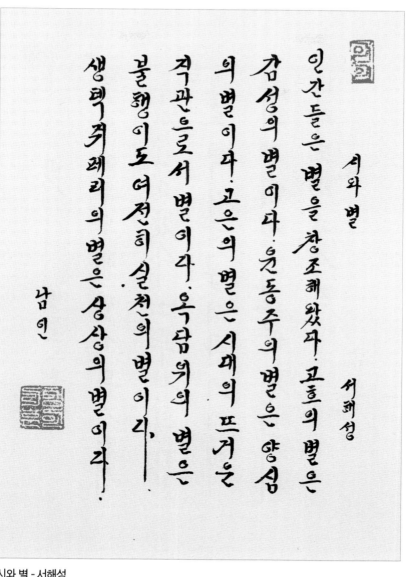

시와 별 - 서해성

성공회대학교 외래교수

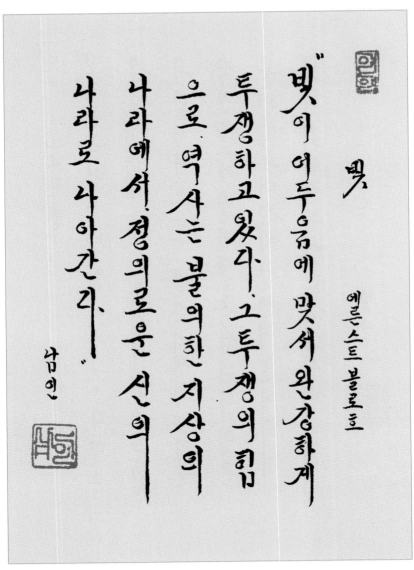

"빛이 어두움에 맞서 완강하게
투쟁하고 있다. 그 투쟁의 힘
으로 역사는 불의한 지상의
나라에서 정의로운 신의
나라로 나아간다."

빛 - 에른스트 블로흐

Ernst Bloch(1885-1977) 독일 마르크스주의 철학자

마음속의 나이

"자연과 하느님 모든 인간들로부터 아름
다움, 희열, 용기, 장엄, 영감, 희망, 신념
지선감, 사물의 관심ㆍ정열ㆍ이상 창조
력의지 모험심을 받아들이는 사람
은 늙지 않는다 나이는 죄가 없다 영감
이 끊기고 냉소의 두꺼운 얼음이 덮일
때 사람은 완전히 늙는다 하느님의 등
정을 구할 수밖에 없다. "

남인

마음 속의 나이 - 옮겨온 글

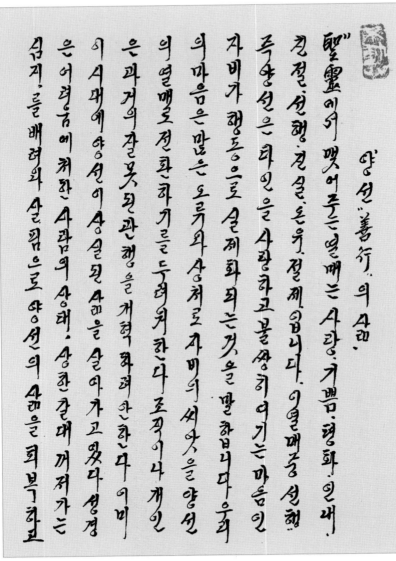

양선 "善行"의 삶

聖靈에서 맺어주는 열매는 사랑·기쁨·평화·인내·친절·선행·진실·온유·절제입니다. 이 열매 중 선행 즉 양선은 타인을 사랑하고 불쌍히 여기는 마음인 자비가 행동으로 실제화되는 것을 말합니다. 우리의 마음은 많은 오류와 상처로 자비의 씨앗을 양선의 열매로 전환화하기를 두려워한다. 조직이나 개인은 과거의 잘못된 관행을 거혁하려 한다. 이 미이 시대에 양선이 상실된 삶을 살아가고 있다. 성경은 어려움에 처한 사람의 상태·상한 갈대 꺼져가는 심지를 배려와 살핌으로 양선의 삶을 회복하고

선행(善行)의 삶 - 성경 갈라디아 5장 22절

촉구하며 서두르지 않고 가능성을 믿고 기다려

주는 것, 무시하거나 무조건 비판하거나 무례히

행하지 않음으로 존중의 관계가 지속되어 상처

를 내지 않는 사랑을 살아가는 것이다. 이런 삶

을 실천하다는 것은 자신은 부정하고 자신의

내면을 혁명시키지 않고는 지속적인 "양선"

"養善"의 4如을 실천하기 어렵다. 그는 남의

사랑을 본받아 양선의 사랑을 살아가기를."

"갈라디아 5장 22절"

남인

輕率하고 淺薄한 말의 입에서
<sub/>

言語의 品性

輕率하고 淺薄한 말의 입에서
경솔　천박
튀어나오게 하면 재빨리 마음을 것
늘려야 한다. 거짓말을 내 뱉고
나면 다른 사람들에게 侮辱을 당
모욕
하고 窘辱으로 음이 따르게 될텐데 어찌
두려워하지 않을 수 있는가

언어(言語)의 품성(品性) - 옮겨온 글

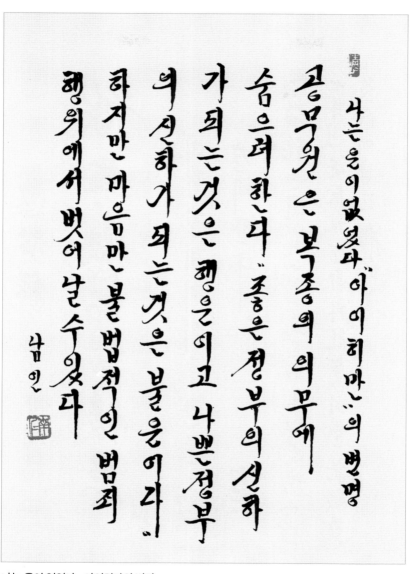

나는 운이 없었다. 아이히만의 변명

공무원은 복종의 의무에 숨으려 한다. "좋은 정부의 선하가 되는 것은 행운이고 나쁜 정부의 신하가 되는 것은 불운이라, 하지만 마음만 불법적인 범죄 행위에서 벗어날 수 있다.

나는 운이 없었다 - 아이히만의 변명

Otto Adolf Eichmann(1906-1962) 독일 나치정권기 정치인

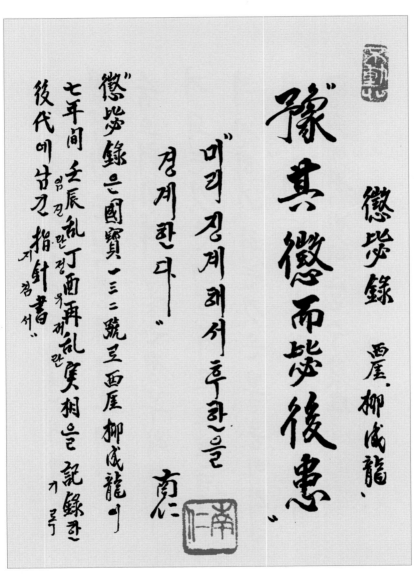

懲毖錄   西厓‧柳成龍、

豫其懲而毖後患

"미리 징계해서 후환을
경계한다."

懲毖錄

懲毖錄은 國寶 一三二 號로 西厓 柳成龍이
七年間 壬辰乱
임진
丁酉再乱
정유
實狀을 記錄한
후재란
後代에 남길 指針書"
지침서"

징비록(懲毖錄) - 서애(西厓) 유성룡(柳成龍)

유성룡(柳成龍, 1542-1607) 조선의 문인, 임진왜란시 최고 관료직
예기징이비후환

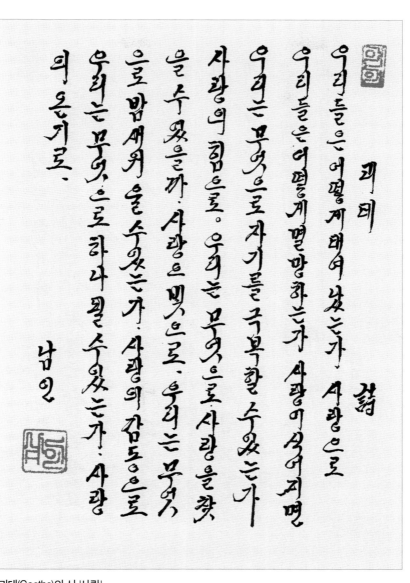

우리들은, 어떻게 태어났는가, 사랑으로
우리들은 어떻게 멸망하는가 사랑이 섞어지면
우리는 무엇으로 자기를 극복할 수 있는가
사랑의 힘으로, 우리는 무엇으로 사랑을 찾
을 수 있을까, 사랑은 빛으로, 우리는 무엇
으로 밤새워 울 수 있는가, 사랑의 감도으로
우리는 무엇으로 하나 될 수 있는가, 사랑
의 온기로,

괴테 詩

남인

괴테(Goethe)의 시 '사랑'

Johann Wolfgang von Goethe(1749-1832) 독일의 낭만주의 작가, 시인, 철학자, 과학자

길을 찾아서 , '긍정의 한 줄'

칼루 하루는 충실한가 . 원하는 삶을 살고

있는가 . 시간은 생명의 다른 이름이다 ,

세월은 인생의 다른 이름이다 . 완벽한

삶은 존재 앓지만 여기서 말 할 수 없

지 . 우물쭈물 말고 가자 . 화려던 그 일

에 도전하고 당당히 맞 닥뜨리자 . 승패

는 관제없다 . 충실한 하루가 바로 승리

의 다른 이름이다 ——

하루가

남인

길을 찾아서 - 양태석

'긍정의 한 줄' 책 중에서

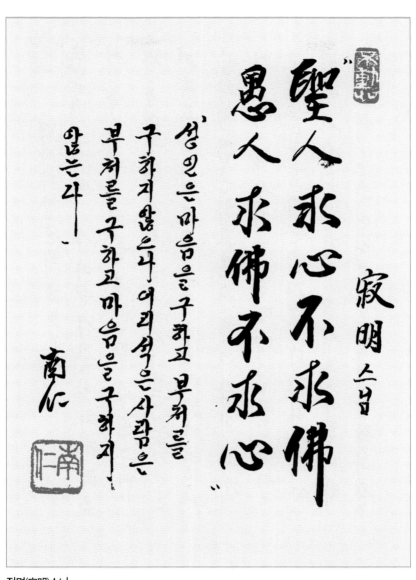

聖人求心不求佛
愚人求佛不求心

寂明 스님

성인은 마음을 구하고 부처를
구하지 않으나 어리석은 사람은
부처를 구하고 마음을 구하지
않는다

적명(寂明)스님
성인구심 불구불 우인구불 불구심

맥아더 장군의 기도문

"

오, 주여 우리 아이가 이런 사람이 되게 하소
서, 약할 때 자기를 분별할 수 있는 힘
과, 두려울 때 자신을 잃지 않는 용기를
가지고, 정직한 패배에 부끄러워하지 않고,
승리에 겸손하고 온유한 사람이 되게
하소서, 자신이 한 일에 책임질 줄 알
고 하느님을 아는 사람이 되게 하시며
기에 자신의 굳건한 인생을 이루게 하
하소서, 우리 아이를 오냉과 안락의 길

맥아더 장군의 기도문

Douglas Macarthur(1880-1964) 미국의 군인, 연합군지휘관, 정치가, 사회운동가

로인도 하지 마시고 폭풍우 속에서도 일
어설줄 알고 패배한 자를 불쌍히여
길줄아는 사람이 되게하소서. 그의 마
음은 늘 깨끗하고 묵호는 늦게하시며
남을 다스리기전에 자신을 잘 다스리는 자
되케하시고 기쁠때는 참께 웃을줄을줄알고
슬플때는 같이 울어줄수있는 사람이
되게하시며, 마래를 지향하면서도 과거
를잇지않는 사람이 되게 하소서

남인

그의 마음은 늘 깨끗하고 목표는 늘 게 하시

며, 남을 다스리전에 자신을 잘 다스리는

자되게 하시고, 기쁠 때는 함께 웃을 줄

알고, 슬플 때는 같이 울어줄 수 있는

사람이 되게 하소서. 미래를 지향하면서

도 과거를 잊지 않는 사람이 되게 하소서.

그의에 유머를 알게 하셔어. 인생을 엄

숙하게 살아가면서도, 삶을 즐길 줄

아는 마음과 자기 자신을 너무드러내지

맥아더 장군의 기도문

Douglas Macarthur(1880-1964) 미국의 군인, 연합군지휘관, 정치가, 사회운동가

없는 겸손한 마음을 갖게 하소서 그리고
참으로 위대한 것은 소박한데 있다는 것
과 참된 지혜는 넓은 아량에서 솟는
다는 것과 참된 힘은 너그러움에 있
다는 것을 항상 명심하는 사람이
되게 하소서 _ 맥아더 아들 위한 기도,

남인

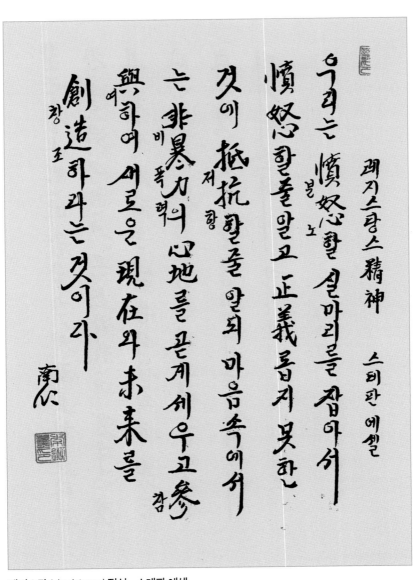

레지스탕스(resistance) 정신 - 스테판 에셀

Stephane Frederic Hessel(1917-2013) 프랑스 외교관, '분노하라' 책 저자

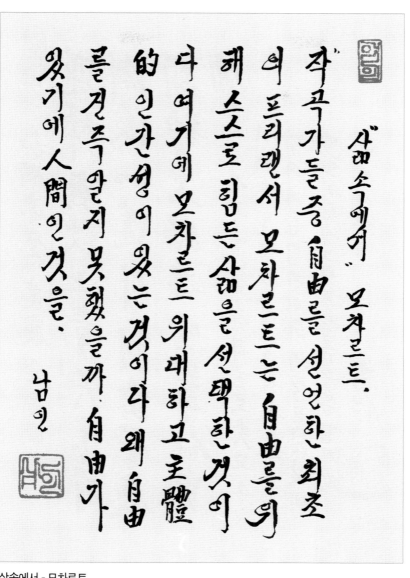

삶속에서 - 모차르트

Wolfgang Amadeus Mozart(1756-1791) 오스트리아 출신 서양고전음악 작곡가

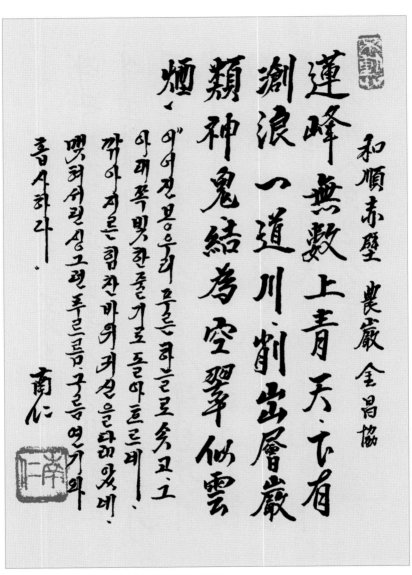

화순적벽가(和順赤壁歌) - 농암(農巖) 김창협(金昌協)

김창협(金昌協, 1651-1708) 조선중기 학자, 호 농암, 농암집
연봉무수산청천 하유창랑일도천 / 삭출층암유신귀 결위공취사운연

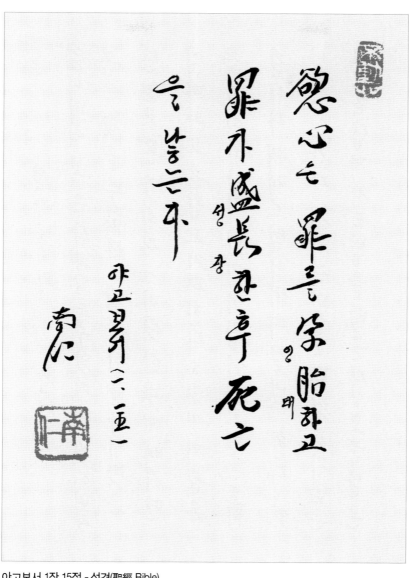

욕심은 罪를 孕胎하고 罪가 盛長한즉 死亡을 낳느니라

야고보서 1장 15절 - 성경(聖經 Bible)

생각줍기   "김영훈"

"잃어버린 봄은 되찾을 수 있지만 잊어버린

봄은 찾을 수 없다. 맛중의 궁극에 맛은

단연코, 돈, 맛이다. 그 비릿한 맛에 빠지면

악마와도 손잡고 거래한다. 인생의 길은

꽃길이 아니라 먼지 뒤집어쓰고 걷는 흙

길이다. 때때로 털어내며 걸어야 한다. 옛

날은 인간답게 사는 법을 배웠고 지금은

동물답게 사는 법을 배운다. 오늘날은"

생각줍기 - 김영훈

경제적 동물다외야 살며 남을 수있다는
것을 배운다。남이 나를 가두는 곳이 감옥
이고 내가 나를 가두는 곳이 선방이다 생
각은 감옥에서 죽고 선방에선 시시각각
자란다。촛이 밝은자는 시록를 꿰뚫지만
목.貝.과 이"희.가 밝은자는 어두움을 꿰
뚫는다

남인

행복 십계명   프란치스코 교황

一, 내 방식의 삶을 살되 타인도 자신의 삶을 살게 두자

一, 마음을 타인에게 열자

一, 조용히 전진하자

一, 삶에 여유를 찾자

一, 일요일은 가족과 함께 쉬자

一, 젊은 세대에 가치 있는 일자리를 만들어 줄 혁신적 방법을 찾자

一, 자연을 존중하고 돌보자

一, 부정적 태도를 버리자

一, 개종시키려 하지 말자

一, 평화를 위해 행동하자

남인

행복십계명 - 프란치스코 교황

물질계의 이미지 변화

피 말리는 같은 성향의 경쟁은 지상에 있을 때 보다
힘듭니다. 우리는 자신이 만들어 놓은 함정에서
잘 빠져나오지 못합니다. 다른 사람이 만든 함정
은 껑뻑하게 보이나 그래도 빠져나올 수 있는데
자신이 쳐놓은 함정은 자기에게도 잘 안 보입
니다. 이 상태에서 벗어나려면 간파해합니다.
자신의 생각만 바꾸면 됩니다.

나무인

물질계의 이미지 변화 - 옮겨온 글

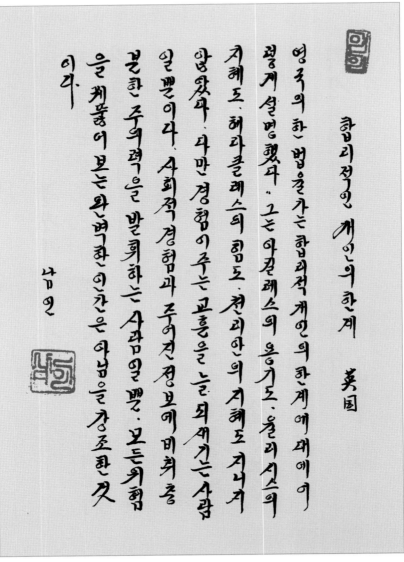

합리적인 개인의 한계 英国

영국의 화) 법률가는 합리적 개인의 한계에 대에 어
렇게 설명했다. "그는 아킬레스의 용기도·율리시스의
지혜도·헤라클레스의 힘도·천리안의 지혜도 지니지
않았다. 다만 경험이 주는 교훈을 늘 되새기는 사람
일 뿐이다. 사회적 경험과 주어진 정보에 비취 총
근한 주의력을 발휘하는 사람일 뿐·모든 위험
을 제풀어 보는 와·빠른 인간을 어늠을 강조한 것
이다.

합리적 개인의 한계 - 영국의 법률가

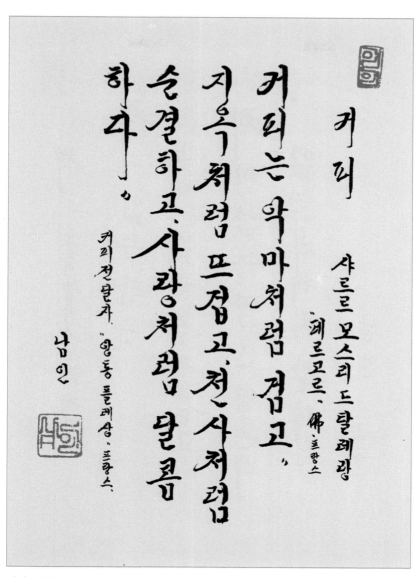

커피

커피 샤를르 모스리드 탈레랑
'페르고르, 佛·프랑스

커피는 악마처럼 검고,
지옥처럼 뜨겁고, 천사처럼
순결하고, 사랑처럼 달콤
하다.

커피전달자 '양동 플레상·프랑스,

남인

커피 - 샤를-모리스 드 탈레랑-페르고르

Charles-Maurice de Talleyrand-Périgord(1754-1838) 프랑스의 정치가, 외교관, 가톨릭교회 성직자

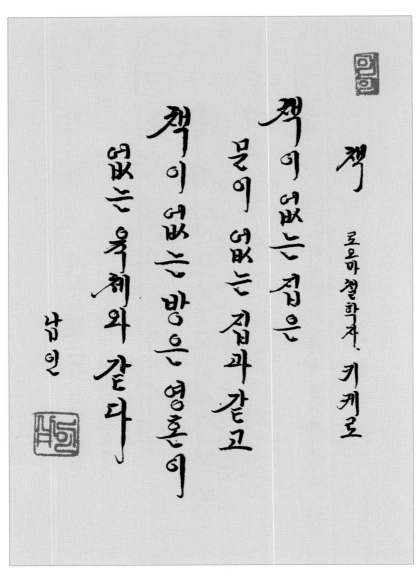

책

로마 철학자, 키케로

책이 없는 집은
문이 없는 집과 같고
책이 없는 집은
책이 없는 방은 영혼이
없는 육체와 같다

남인

책 - 키케로

Marcus Tullius Cicero(BC.106~BC.43) 로마시대의 정치가, 웅변가, 문학가, 철학자

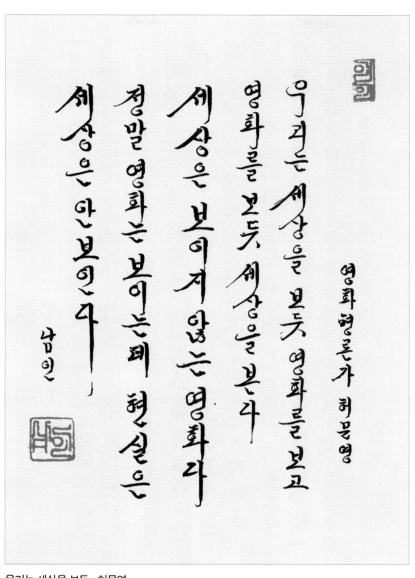

우리는 세상을 보듯 - 허문영

영화 평론가, 시네마테크 원장, 부산국제영화제 한국영화 프로그래머

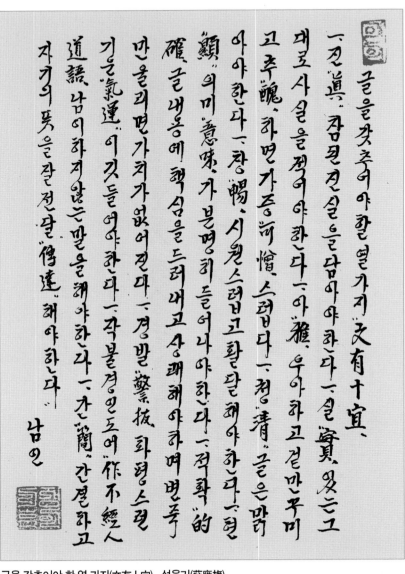

글을 갖추어야 할 열 가지(文有十宜) - 설응기(薛應旗)

설응기(薛應旗, 1500-1575) 명나라 문장가, '독서보(讀書譜)'에서 출전

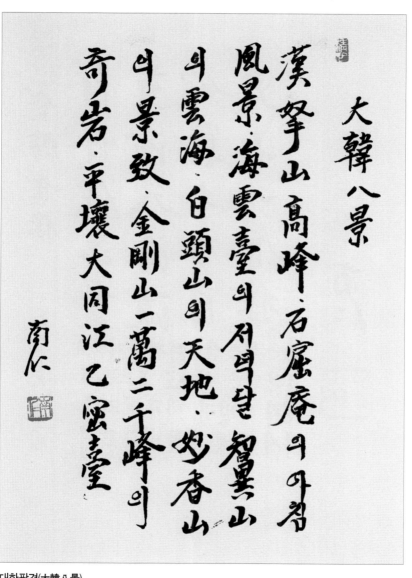

大韓八景

漢拏山高峰·石窟庵의아침
風景·海雲臺의저녁달·智異山
의雲海·白頭山의天地·妙香山
의景致·金剛山一萬二千峰의
奇岩·平壤大同江乙密臺

대한팔경(大韓八景)

① 한라산고봉 ② 석굴암의아침 ③해운대저녁달 ④ 지리산운해
⑤ 백두산천지 ⑥ 묘향산의경치 ⑦금강산 일만이천봉의 기암 ⑧평양 대동강 을밀대

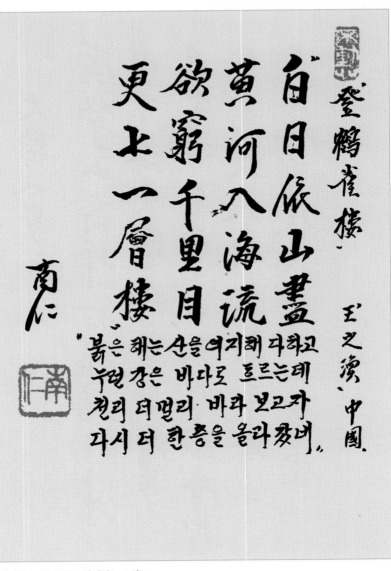

登鶴雀樓 王之渙、中國

白日依山盡
黃河入海流
欲窮千里目
更上一層樓

붉은 해는 산을 여지해 다 지고
누런 강은 바다로 흐르는데
천리 더멀리 바라 보고자
다시 더 한층을 올라 갔네

등학작루(登鶴雀樓) - 왕지환(王之渙)

백일의산진 황하입해류 / 욕구천리목 갱상일층루
왕지환(王之渙, 688-742) 중국 당나라 시인

흥선호국론(興禪護國論) - 혜과(慧果)

혜과(惠果, 746-805) 중국 당나라 승려
대재심호 천지고 불가극야 / 이심호출 천지상

미사전 기도문

"주예수 그리스도님, 주님의 거룩한 십자
가로, 온 세상을 구속하셨으니, 저희는
전 세계에 있는, 모든 성당에서, 주님을
흠숭하여 찬양하나이다. 영원하신 아
버지께는 오늘 세계 방방곡곡에서, 드려
지는 미사와 일치하여, 천주성자 예수그리스
도의, 지극히 고귀하온 피를, 연옥에 있는 영
혼들을 위하여, 전 세계 교회안에 있는 죄

미사전(彌撒前) 기도문(祈禱文) - 옮겨온 글

인들을 위하며, 그리고 죄 중에 있는 저희
가족들을 위하여, 봉헌하나이다" 아멘"

두가 복음 십장 이십칠절~

"네 마음을 다하고, 네 목숨을 다하고
네 생각을 다하여 주님이신 네 하느
님을 사랑하라, 그리고 네 이웃을
네 몸 같이 사랑하라."

남인

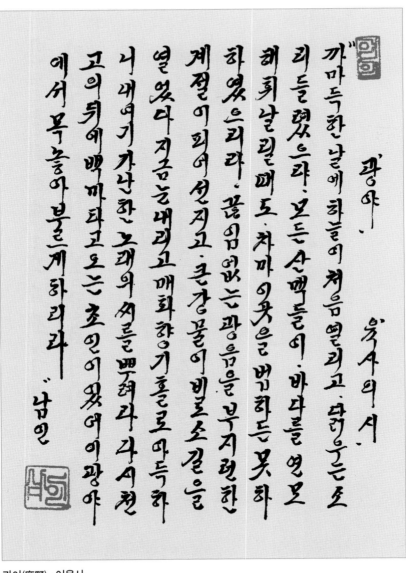

"광야,

광야,   육사의 시,

까마득한 날에 하늘이 처음 열리고·닭우는소
리들 렸으랴·모든 산맥들이·바다를 연모
해 휘 날릴때도·차마 이곳을 범하든 못하
하였으리라·끊임없는 광음을 부지런한
계절이 피여선지고·큰 강 물이 비로소 길을
열었다 지금눈 내리고 매화향기 홀로 마득하
니 내여기 가난한 노래의 씨를 뿌려라 다시천
고의뒤에 백마타고 오는 초인이 있어 이 광야
에서 목놓아 불게 하리라·" 남인

광야(廣野) - 이육사

이육사(李陸史, 1904-1944) 한국의 시인, 본명 이활(李活), 독립운동가
이육사란 이름은 일제강점기 형무소 수인번호 264에서 따옴.

孟子는 大丈夫를 世上의 큰 道, 가장 바른
몸가짐으로 行하는 사람이라 正義 했
다. 大丈夫가 되려면 다섯가지 德目을
갖추어야 한다. 첫째는 先義後利요 둘
째는 不動心이며 셋째는 浩然之氣가 네째
는 與民同樂이고 다섯째는 不忍之心이
라는 말씀을 하셨다. 옳음 信念 義我를
함께 나눔을 實踐함이라. 南仁

사내 대장부(大丈夫) - 맹자(孟子)

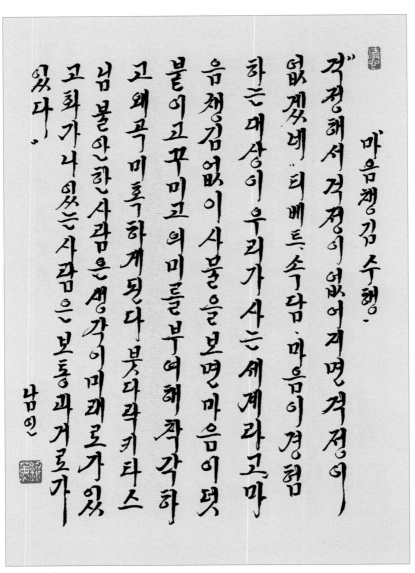

마음 챙김 수행.

"걱정해서 걱정이 없어지면 걱정이 없겠네." 티베트 속담. 마음이 경험하는 대상이 우리가 사는 세계라고 마음 챙김없이 사물을 보면 마음이 덧붙이고 꾸미고 의미를 부여해 착각하고 왜곡 미혹하게 된다. 붓다락키타스님 불안한 사람은 생각이 미래로 가있고 회가나 있는 사람은 보통 과거로가 있다.

남인

마음 챙김 수행 - 붓다락키타 스님
보리수선원장, 아시아 서남부에 있는 미얀마 연방공화국, 옮겨온 글

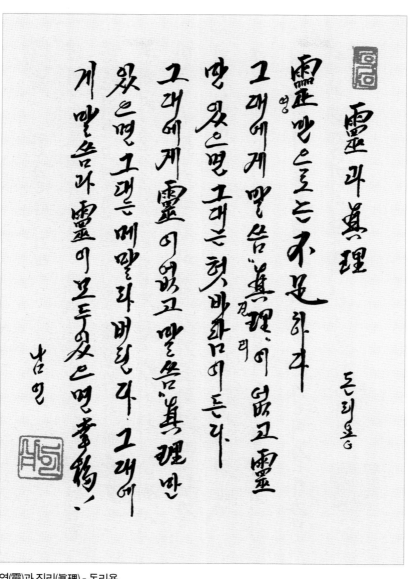

靈과 眞理 - 돈리용

靈으로는 不足하다
그대에게 말씀, 眞理이 없고 靈
만 있으면 그대는 헛바퀴이 돈다
그래에게 靈이 없고 말씀 眞理만
있으면 그대는 메말라 버린다 그래에
게 말씀과 靈이 모두있으면 華鈞

영(靈)과 진리(眞理) - 돈리용
캐나다의 정치가, 법률가

"한 살이 삶,

우리 스스로 자기 몸을 바닥까지 낮추어 너를 존중하는 고결한 행위를 해보자 이 세상 모든 존재가 신성함을 알게 될 것이다. 이 세상 만남은 때론 물같고 불같고 기도하고 바람같은 기도한 만남. 소리에 놀라지 않는 사자처럼 그물에 걸리지 않는 바람같이 흙탕물에 더럽히지 않는 연꽃처럼 한 살이 살아감이고 을 삶이 아닐까.

남은

한살이 삶 - 옮겨온 글

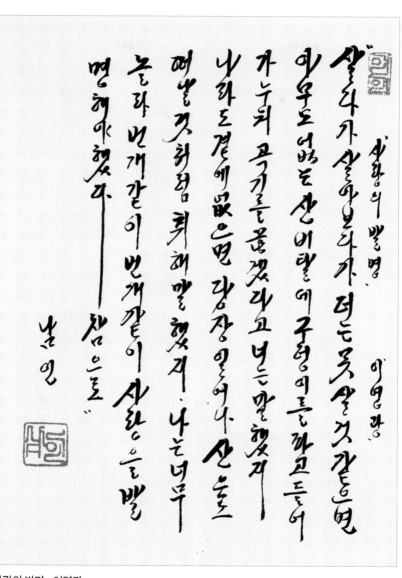

사랑의 발명 - 이영광

시인, 대학교수

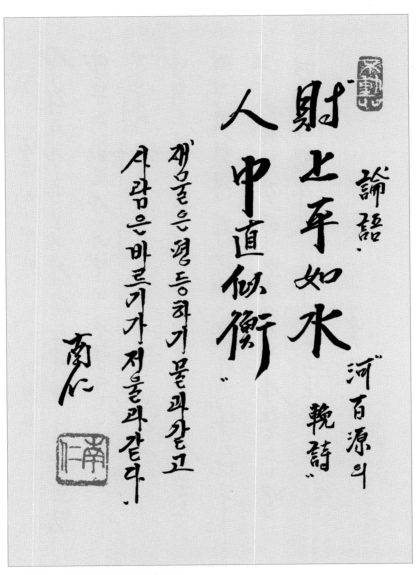

논어(論語) - 하백원(河百源)의 만시(輓詩)

하백원(河百源, 1781-1884) 조선후기 실학자, 만국전도와 동국전도(세계지도와 우리나라 지도)
재상평여수 인중직사형

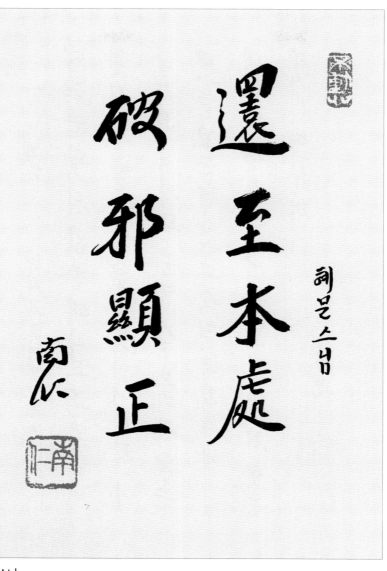

還至本處

破邪顯正

혜문스님

혜문스님

본명 김영준, 비승비속(非僧非俗) 불교수행자
환지본처 : 근본으로 돌아가야 한다.
파사현정 : 간사스러움 버리면 바른 것이 나타난다.
본명 김영준, 비승비속(非僧非俗)의 불교 수행자

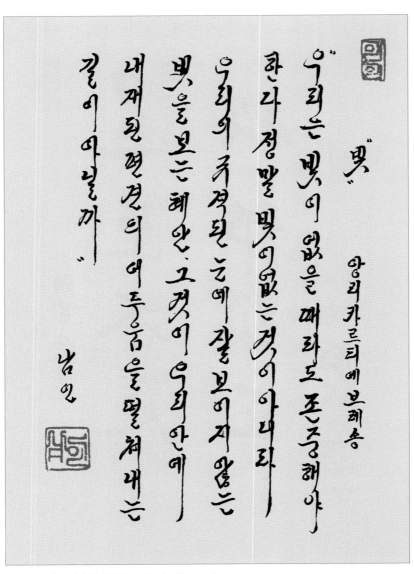

빛

앙리 카르티에 브레송

"우리는 빛이 없을 때라도 존중해야
한다 정말 빛이 없는 것이 아니라
우리의 주격된 눈에 잘 보이지 않는
빛을 보는 혜안. 그것이 우리안에
내재된 편견의 어두움을 떨쳐내는
길이 아닐까."

남은

빛 - 앙리 카르티에 브레송(Henri Cartier Bresson)

Henri Cartier Bresson(1908-2004) 20세기, 프랑스 출신 다큐멘터리 사진작가

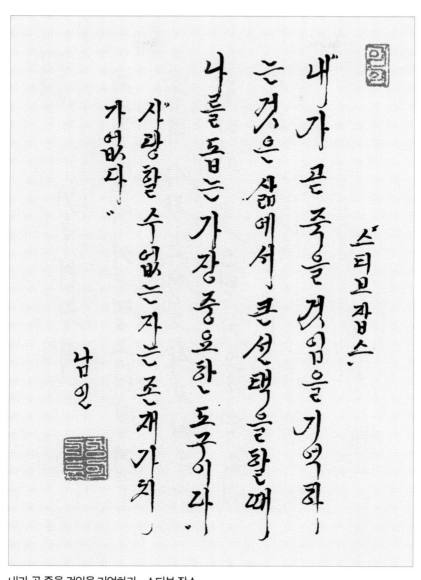

내가 곧 죽을 것임을 기억하라 - 스티브 잡스

Steve Jobs(1955-2011) 미국 샌프란시스코 출신, 기업인, 애플사의 창업자

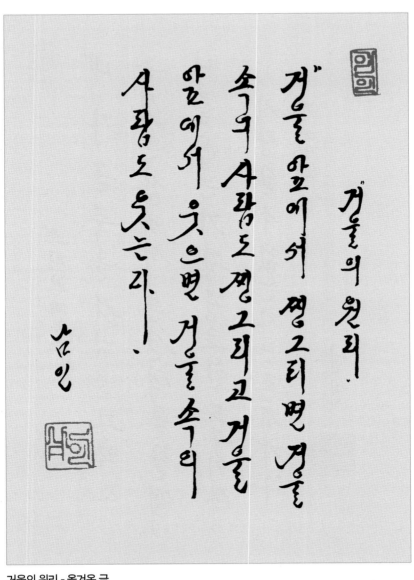

"거울의 원리.

"거울 앞에서 쩡그리면 거울
속의 사람도 쩡그리고 거울
앞에서 웃으면 거울 속의
사람도 웃는거지 ─ "

숨인

거울의 원리 - 옮겨온 글

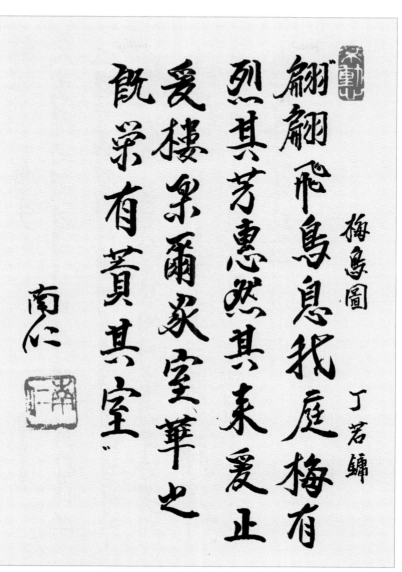

매조도(梅鳥圖) - 다산(茶山) 정약용(丁若鏞)

편편비조식아정매 유열기방혜연기래 / 완지완루락이가실 화지개영 유분기실
훨훨 날으는 새 한마리 날아와 우리 뜰 매화나무에 쉬네. / 그윽한 그 매화 향기에 끌려 반갑게 찾아왔네.
이 곳에 머물고 둥지 틀어 네 집안을 즐겁게 하려무나. / 꽃이 이미 활짝 피었으니 토실한 열매를 맺겠네.

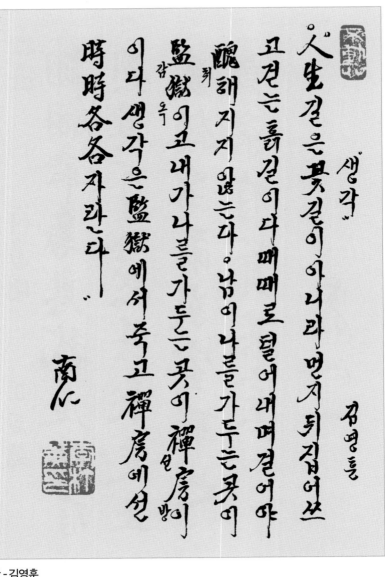

人生길은 꽃길이 아니라 먼지 뒤집어쓰
고 걷는 흙길이다 때때로 털어내며 걸어야
醜해지지 않는다。남이 나를 가두는 곳이
監獄이고 내가 나를 가두는 곳이 禪房이
다 생각은 監獄에서 죽고 禪房에선
時時各各 지라다 ─

생각

꿈펴들

南仁

생각 - 김영훈

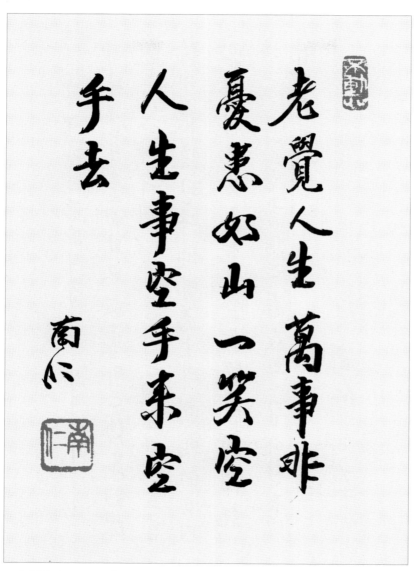

노각인생(老覺人生) - 옮겨온 글

노각인생만사비 : 늙어서 생각하니 만사가 아무 것도 아니며
우환여산일소공 : 걱정이 태산 같으니 한번 소리쳐 웃으면 그만인 것을
인생사공수래공수거 : 인생사 빈손으로 왔다가 빈손으로 가는 것을.

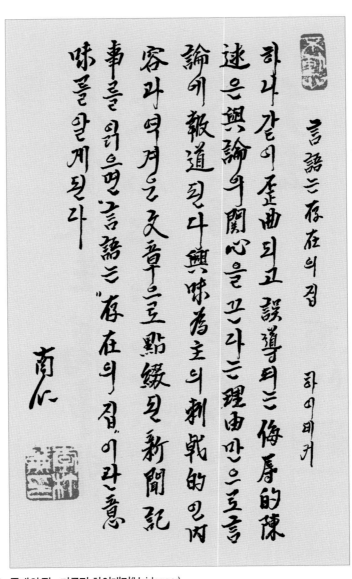

言語는 存在의 집 ── 하이데거

하나 같이 歪曲되고 誤導되는 侮辱的 陳
述은 輿論의 關心을 끄나니 理由만으로 言
論에 報道되나 輿味為主의 刺戟的인 內
容과 막켜도 文章으로 點綴된 新聞記
事를 읽으면 言語는 "存在의 집"이라는意
味를 알게된다

언어는 존재의 집 - 마르틴 하이데거(Heidegger)

Martin Heidegger(1889-1976) 독일의 철학자, 실존주의 철학자

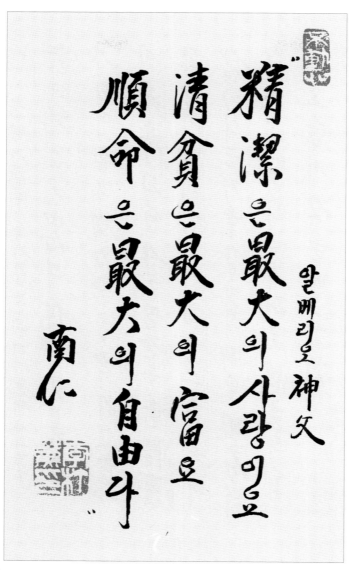

알베리오 신부의 명언

1884-1971, 이탈리아 신부, '바오로 가족'의 창립자
정결은 최대의 사랑이요, 청빈은 최대의 부요, 순명은 최대의 자유다.

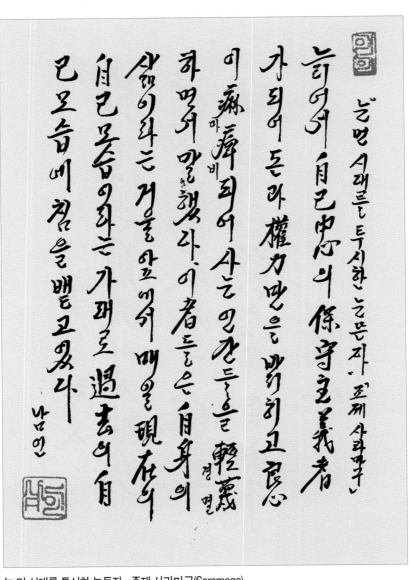

눈 먼 시대를 투시한 눈동자 - 주제 사라마구(Saramago)

Jose de Sousa Saramago(1922-2010) 포르투갈 소설가, 언론인, 노벨문학상(1998)

世上의 모든 神들은 저아래쪽 마을 그 아래에 있다 그 낮은 마을에서 외롭고 가난하고 병든 자들을 돌보고 있다 神을 만나고 싶으면 그곳으로 가라 가장아래쪽 마을로 가면 神들이 우둘우둘하다."

긍정의 책중에서 "헨리j엔신부,

낡인

긍정의 한줄 - 헨리 뉴엔 신부

Henri J.M. Nouwen(1932-1996) 네덜란드 출신, 하버드대학 강의, 20여 권 책을 쓰고 정신지체 아이들 돌봄의 신부

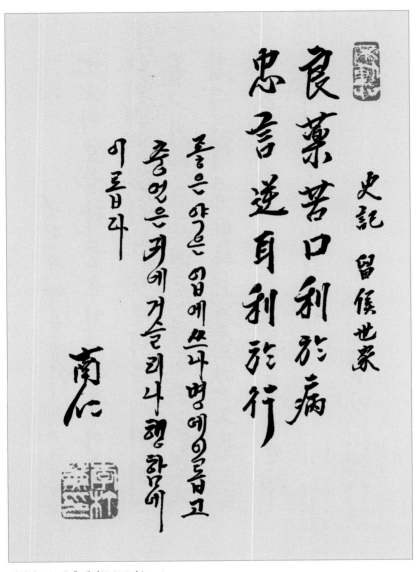

사기(史記) - 유후세가(留侯世家)

유후(留侯, ?-BC.189) 한나라에서 출생, 이름은 장량(張良) 자는 장자방(張子房), 유방의 안내자, 유방을 도운 개국 공신
양약고구 이어병 충언역이 이어행

問爾窓前鳥何山宿早來
應識山中事杜鵑花發耶

金笠 金炳淵

창문 앞에 와서 지저귀는 새야
어느 산에서 자고 날아 왔느냐
산중의 소식을 너는 잘 알리라
산에 진지꽃이 말 피웠던지

南仁

김립(金笠)

본명 김병연(金炳淵, 1807-1863), 시인, 조선후기 풍자시인, 방랑시인, 흔히 김삿갓
문이창전조 하산숙조래 / 응식산중사 두견화발야

千慮一失

晏嬰

顯女子曰嬰聞之聖人千慮必有一失愚
人千慮必有一得意者管仲之失而顯女
之得者耶故再拜而不敢受命

안영이 대답하여 제가 듣으니 성인이 깊이
생각해도 한가지 잃을 수 있고 어리석은
사람도 깊이 생각하면 한가지 얻을 수 있
다고 합니다 이것은 아마관중도 이럼은 것이
고 제가 얻는 것일 것 입니다 그래서 재배하고
명을 받지 않을 것 입니다. 南仁

천려일실(千慮一失) - 안영(晏嬰)

안영(晏嬰, ? - B.C.500) 춘추전국시대 제나라 정치가, 관중과 함께 훌륭한 재상
영자왈 영문지성인 천려필유일실 / 우인천려 필유일득 의자관중지실
이영지득자야 고재배 이불 감수명

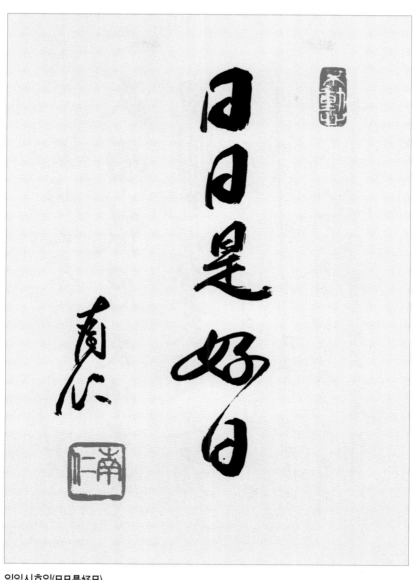

일일시호일(日日是好日)

날이면 날마다 다 좋은 일 되오.

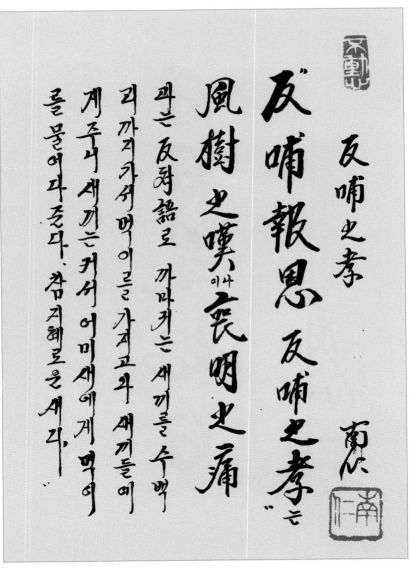

反哺之孝

風樹之嘆에나 喪明之痛

反哺報恩 反哺之孝는

괘는 反哺語로 까마귀는 새끼를 수백
리 까지 가서 먹이를 가져오와 새끼들에
게 주니 새끼는 커서 어미새에게 먹이
를 물어다 준다. 참 지혜로운 새가,

반포보은(反哺報恩) 반포지효(反哺之孝) - 본초강목(本草綱目)에서

반포보은 반포지효 풍수지탄 상명지통
풍수지탄(風樹之嘆) : 바람에 흔들리는 나무의 탄식. 효도를 하지 못한 자식의 슬픔.
상명지통(喪明之痛) : 눈이 멀도록 슬프다. 아들이 죽은 슬픔을 비유적으로 쓴 말.
반포지효(反哺之孝) : 자식이 자라서 어버이의 은혜에 보답하는 효성.

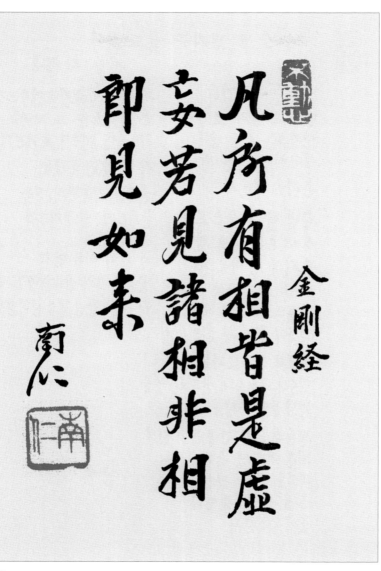

금강경(金剛經)

범소유상 개시허망 : 무릇 상이 있는 것은 모두가 허망하다.
약견제상비상즉견여래 : 만약 모든상이 상이 아님을 본다면 곧 여래(부처)를 본다.
상은 단순히 보여지는 모든 모습만을 의미한 것이 아니고 색(色), 성(聲), 향(香), 미(味), 촉(觸), 법(法)을 포함한 모든 것을 의미한다.

5.18 묘지는 울고 있다

시인 리정훈

망월동 산 기슭
민주혁명의 묘지
민족의 뜻을 연다
둘러쳐진 푸른 솔
혼령을 부른다.

추념 탑 앞 두손 모아
5.18 혼령 추모 참배
속죄의 한 마음으로
그날 그 통한의 새김질
진묵으로 흐르는 세월
영혼에 쏟아진 슬픈 참회

고요히 잠든 묘지를 본다
민주의 피를 토해 산화된 영들
행방불명 혼령들

천둥의 외침 간장끊긴 절규
뇌를 내려친 충격
타오른 피의 영성
온몸 숨을 죽인다
눈이 감긴다

왜 왜 시계 視界는 멈추는가
민중을 살도한 그 악귀들
지옥불에 태우지 못하는가
저 한 맺힌 혼령들
울부짖는 통한의 진곡
들리는가. 안들리는가
아아.
이 양지 바른 언덕
망월동 5.18민주혁명묘지
피 눈물 끝인 날은 언제인가

남인

5·18 묘지는 울고 있다 - 남인 리정훈

거짓과 가식의 우거진 숲을 헤쳐 왔어 내가 왔
어, 드디어 싸이, 길들여진 원숭이가 아닌 싸이
앞뒤 다른 항상 같은 입에 발린 말만 하는가
식적인 분들, 냉큼 잽싸게 꺼져, 위선과 가
식으로 돌돌 뭉친 우리나라 좋은 나라인류
를 가장한 삼류 투성이라거나. 양지에선 신
사 음지에선 변태였었다니가 일등민거야 빌어
한 놈 미친 놈되는 세상인거야,

싸이

남인

싸이(PSY)의 담(談)
본명 박재상, 대한민국 가수

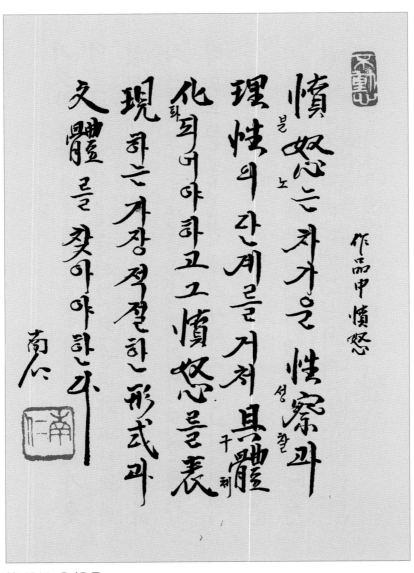

作品中 憤怒

憤怒는 저거운 性察과
理性의 관계를 거쳐 具體
化되어야 하고 그 憤怒를 表
現하는 가장 적절한 形式과
文體를 찾아야 한다.

南人

분노(忿怒) - 옮겨온 글

사의 찬미 윤심덕 김우진 남인

광막한 광야에 달리는 인생아 너의 가는 곳 그
어데야 쓸쓸한 세상 험악한 고해에 너는 무엇을
찾으러 가느냐 눈물로 된 이 세상아 너 죽으면 그만
일까 행복 찾는 인생들아 너 찾는 것 설움 웃
는 저 곳과 우는 저 세상에 그 운명이 모두 다 같
고나 삶에 열중한 가련한 인생아 너는 칼 위
에 춤추는 자로다 허영에 빠져 날뛰는 인생아 너
속였음을 네가 아느냐 세상에 것은 너에게 허무니
너 죽은 후에 모두 다 없도다

사(死)의 찬미(讚美) - 윤심덕, 김우진

윤심덕(尹心悳, 1897-1926) : 일제강점기 한국 최초 소프라노. '사의 찬미'는 발표한 음반(1926). 이 음반은 이오시프 이바노비치의 '다뉴브강의 잔물결'을 가창곡으로 편곡한 것임.
김우진(金祐鎭, 1897-1926) : 우리나라 최초 신극운동(1920년대)을 일으킨 대표적인 연극인, 극작가, 연극연출가

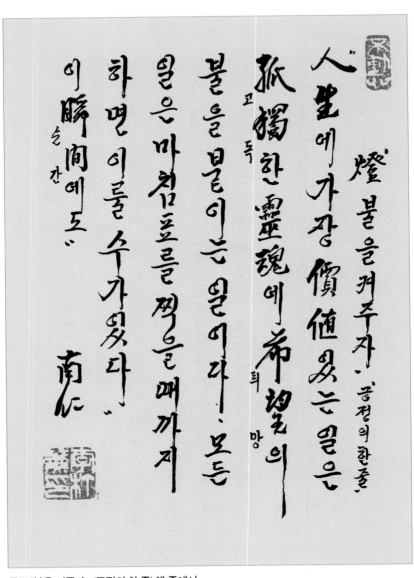

燈불을 켜주자, "긍정의 한 줄,

人生에 가장 價値 있는 일은
孤獨한 靈魂에 希望의
고독   희망
불을 밝히는 일이다. 모든
일은 마침므로를 찍을 때까지
하면 이를 수가 있다.
이 瞬間에도,
순간
南仁

등(燈)불을 켜주자 - '긍정의 한 줄' 책 중에서

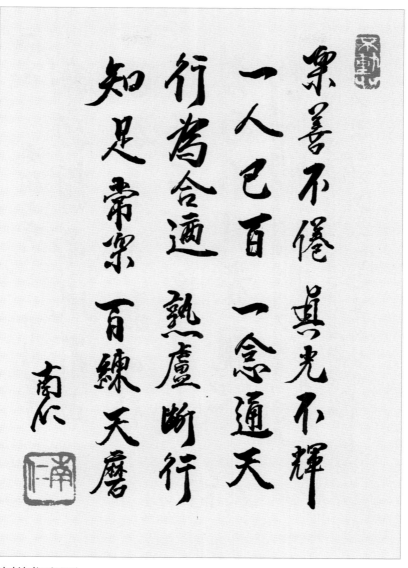

사자성어(四字成語)

락선불권 : 즐겁고 선한 일은 권태가 없고 / 진광불휘 : 진실한빛은 발휘하지 않으며
일인기백 : 한사람이 기백이요 / 일념통천 : 깊은 생각은 하늘을 통하고
행위합적 : 행위는 적합하게 하고 / 숙로단행:사려깊게 사색 끝에 단행하고
지족상락 : 만족하면 항상 즐겁게 생각하고 / 백연천마:백번 천번 연마하라.

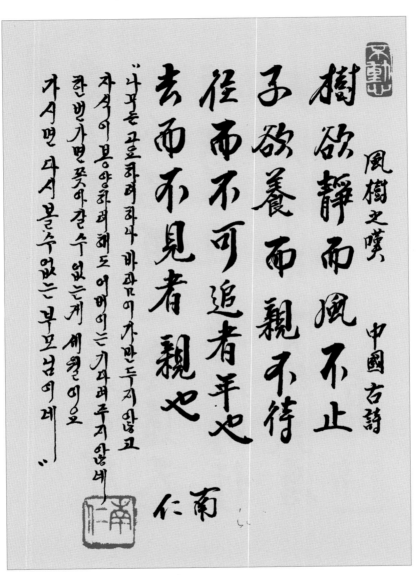

風樹之嘆　中國 古詩

樹欲靜而風不止
子欲養而親不待
徑而不可追者年也
去而不見者親也　南

仁

나무는 고요하려 하나 바람이 가만두지 않고
자식이 봉양하려 해도 어버이는 기다려주지 않네
한번 가면 쫓아갈 수 없는게 세월이오
가시면 다시 볼 수 없는 부모님이데

풍수지탄(風樹之嘆) - 중국 고시(古詩)

수욕정이풍부지 자욕양이친부지
왕이불가추자년야 거이불견자친야

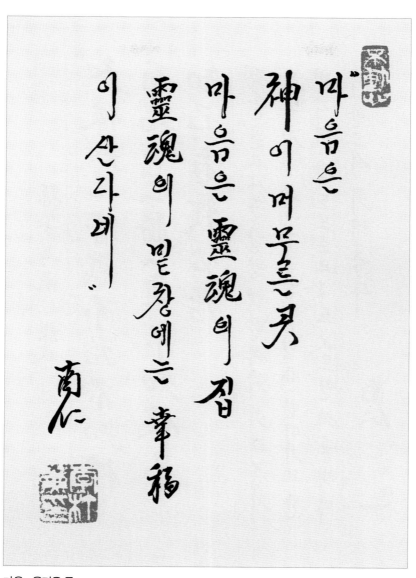

마음 - 옮겨온 글

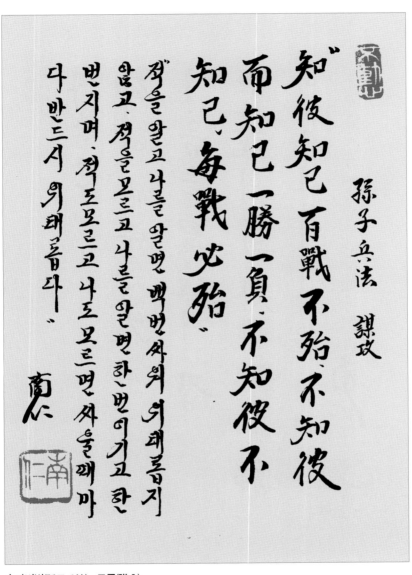

知彼知己 百戰不殆 不知彼
而知己 一勝一負 不知彼不
知己 每戰必殆

孫子兵法 謀攻

손자병법(孫子兵法) - 모공(謀公)

손자병법(孫子兵法) 중국 춘추전국시대 손무(孫武)가 쓴 병법서
지피지기 백전불태 / 부지피이지기 일승일부 / 부지피불지기 매전필태

예기(禮記) - 사서삼경(四書三經)의 일서(一書)

소인익어수 : 소인은 물에 빠지고
군자익어구 : 군자는 입에 빠지고
대인익어민 : 대인은 백성에 빠진다.

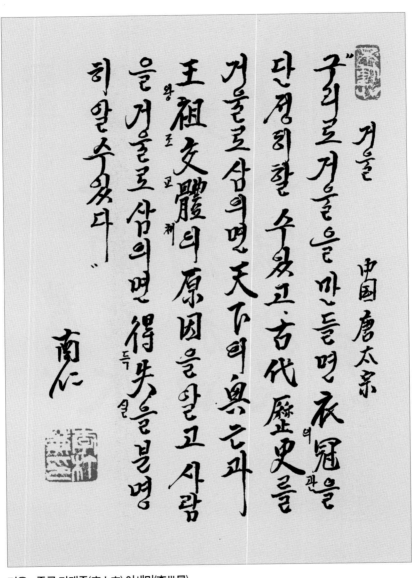

거울　　中國 唐太宗

"구리로 거울을 만들면 衣冠을
단정히할 수있고, 古代 歷史를
거울로 삼으면 天下의 興亡과
王祖文體의 原因을 알고 사람
을 거울로 삼으면 得失을 분명
히 알 수있다"

南仁

거울 - 중국 당태종(唐太宗) 이세민(李世民)
당나라 2대 황제(618-907)

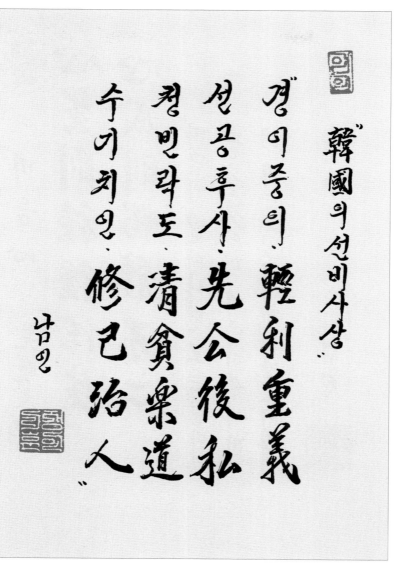

한국(韓國)의 선비사상

경이중의 : 이로움을 소홀이하고 의를 중시하라.
선공후사 : 먼저 공적인 일을 한후 후에사적일을 한다.
청빈락도 : 맑고깨끗함후에 즐거움을 가진다.
수기치인 : 먼저자신을 다스리고 난후 남을 다스린다.

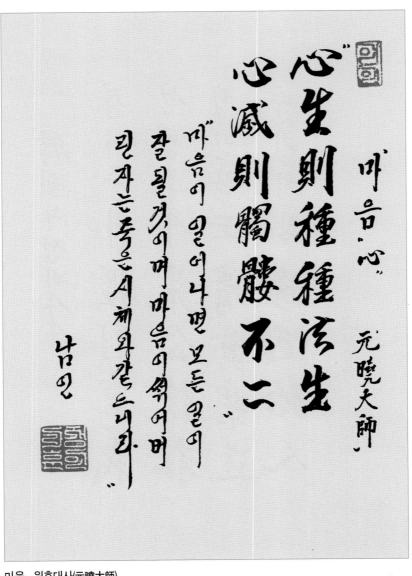

마음 - 원효대사(元曉大師)
심생즉 종종법생 / 심멸즉 촉루불이

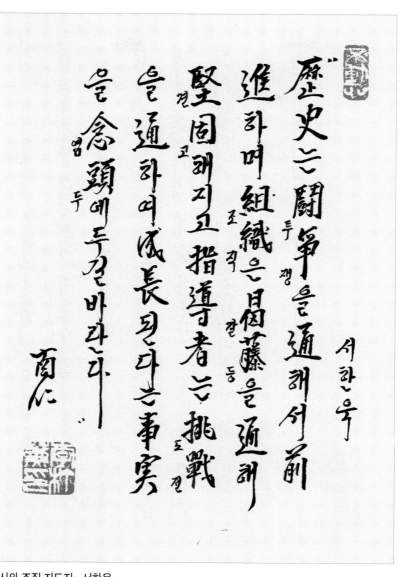

歷史는 鬪爭을 通해서 前進하며 組織은 固偏藤을 通해 堅固해지고 指導者는 挑戰을 通하여 成長되다는 事實을 念頭에 두길 바란다.

서한욱

역사와 조직 지도자 - 서한욱
대구 출생, 법조인

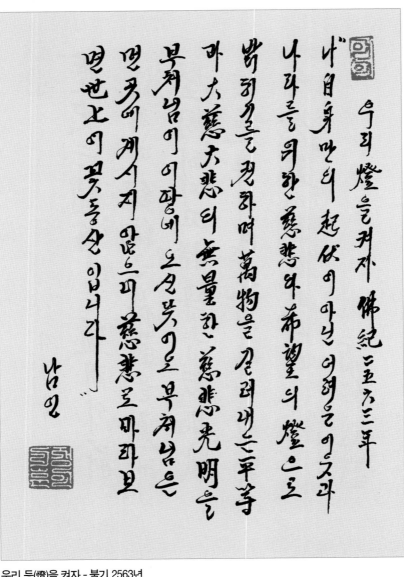

우리 등(燈)을 켜자 - 불기 2563년

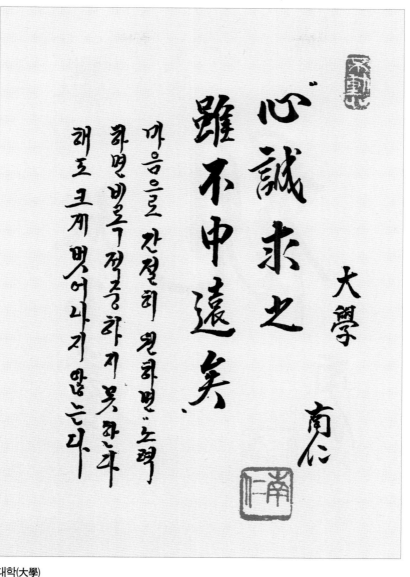

心誠求之 大學 南仁

雖不申遠矣

마음으로 간절히 원하면 노력
하면 비로구 적중하지 못하다
해도 그게 멋어나지 않는다

대학(大學)

심성구지 수불중원언

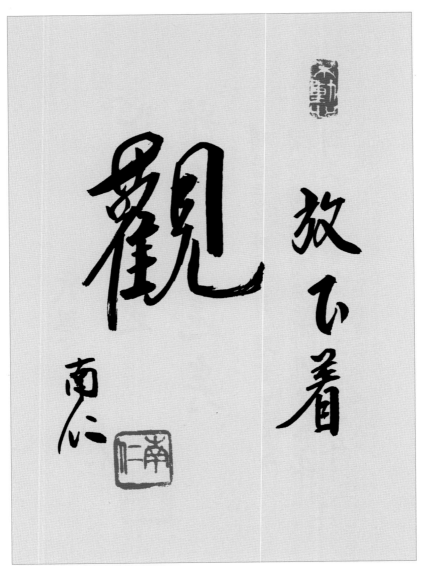

관(觀) 방하착(放下着)

관 : '사물을 입체적으로 사색하라'라는 의미.
방하착 : '모든 것을 내려놓아라'라는 의미.

인생의 스승

시간은 나에게 스승이다 어제의 시간은
오늘의 스승이었고 오늘의 시간은 내일의
스승이 될 것이다 가장 낭비하는 시간은
방황이오 가장 고마한 시간은 남을 깔보
며 가장 자유로운 시간은 구착적인 일이
오 가장 통쾌한 시간은 승리오 가장 지루
한 시간은 기다림이오 가장 성스한 시간은
이별이오 가장 아름운 시간은 사랑함이라

남인

인생의 스승 - 옮겨온 글

開放性 誠實性 外向性 友好性
情緒的 不安定性이다. 이다섯가
지 性格中 筆者에게 가장 結定的인 特
性은 外向性과 情緒的 不安定인지
不情緒的 感性을 가진 不安性보다
즐거움을 追求하는 外向性이 筆物
可能性이 높다

現代科學이 밝혀낸 性格

南仁

현대 과학이 밝혀낸 성격 - 옮겨온 글

개방성, 성실성, 외향성, 우호성, 정서적불안전성

釋尊이 迦葉에게 주는 敎訓

正法眼藏　涅槃妙心　実相無相
微妙法門　不立文字　敎外別傳

○ 올바른 세계의 진리 석존이 설한 無上의 忍法 正法。원만하게 깨달은 마음의 不生不滅의 진리 主觀的 表現이오。있는 그대로의 모습이 본래없는 것이며。인간으로는 생각할 수없는 꼬으 가르침。진리는 文字로 규정할 수 없는 것。마음과 마음에서 직접 전해짐에서 전해줄 수있다

南仁

석존(釋尊)이 가섭(迦葉)에게 준 교훈

정법안장 열반묘심 실상무상 미묘법문 불입문자 교외별전

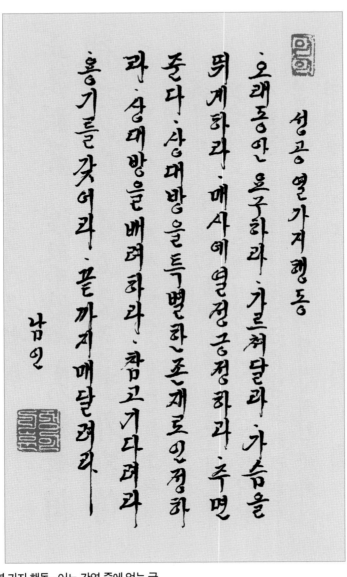

성공 열 가지 행동

· 오래동안 음구하라. · 갈르쳐 달라. · 가슴을 뛰게 하라. · 매사에 열정 긍정하라. · 추면 준다. · 상대방을 특별하, 존재로 인정하라. · 상대방을 배려하라. · 참고 기다려라. · 용기를 갖어라. · 끝까지 매달려라. ──

남인

성공 열 가지 행동 - 어느 강연 중에 얻는 글

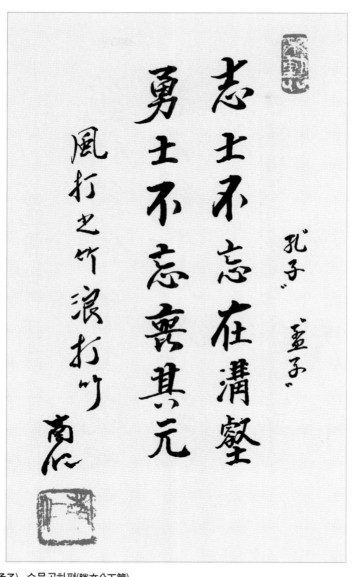

志士不忘在溝壑

勇士不忘喪其元

孔子　孟子

風打之竹浪打竹

맹자(孟子) - 승문공하편(勝文公下篇)

지사불망재구학 : 뜻이있는 선비는 자기의시체가 도랑에 굴러다닌 것을 있지 말아야한다.
용사불망상기원 : 용감한 선비는 자기 머리를 잃은것을 잊지 말아야한다

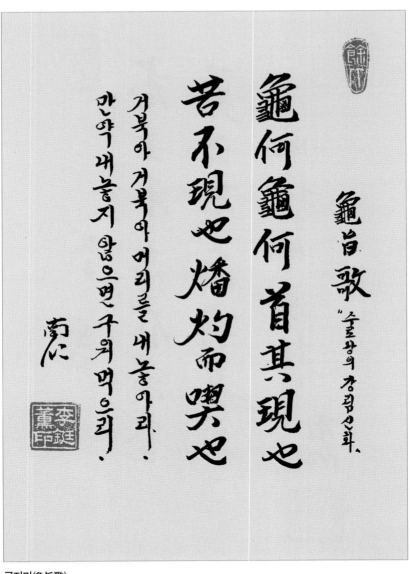

龜首歌 "수로왕의 강림신화"

龜何龜何首其現也
若不現也燔灼而喫也

거북아 거북아 머리를 내놓아라.
만약 내놓지 않으면 구워 먹으리.

구지가(龜旨歌)

삼국유사(三國遺事) 2편, 가야(伽倻) 김수로왕(金首露王)의 강림신화(降臨神話)
구하구하 수기현야 약불현야 번작이끽야

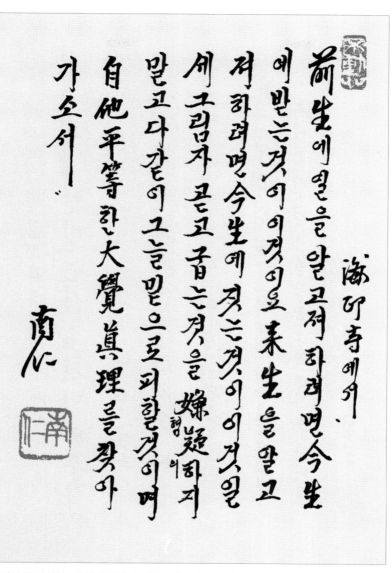

前生에 일을 알고저 하려면 今生
에 받는 것이 이것이요 來生을 알고
저 하려면 今生에 짓는 것이 이것일
세 그림자 곧고 굽는 것은 嫌題하지
말고 다 같이 그늘 믿으로 피할것이며
自他 平等한 大覺 眞理를 찾아
가소서。

해인사(海印寺)에서 - 1959년 해인사 입구 표지판에 쓰여진 글
남인 시인이 옮겨온 글

마음을 열어주는 지혜, 영혼에 빛을!

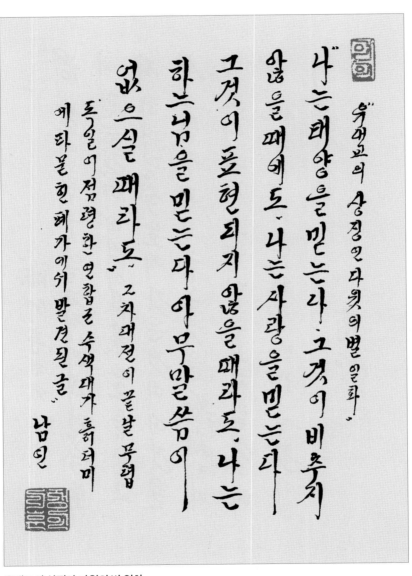

나는 태양을 믿는다. 그것이 비추지 않을 때에도. 나는 사랑을 믿는다 그것이 표현되지 않을 때라도. 나는 하느님을 믿는다 아무 말씀이 없으실 때라도.

2차대전이 끝날 무렵 독일이 점령한 연합군 수색대가 흩어지며 게타 폴한 헤가에서 발견된 글

남인

유대교의 상징인 다윗의 별 일화
제2차 세계대전 시(유대인 학살 수색 대원이 발견한 글)

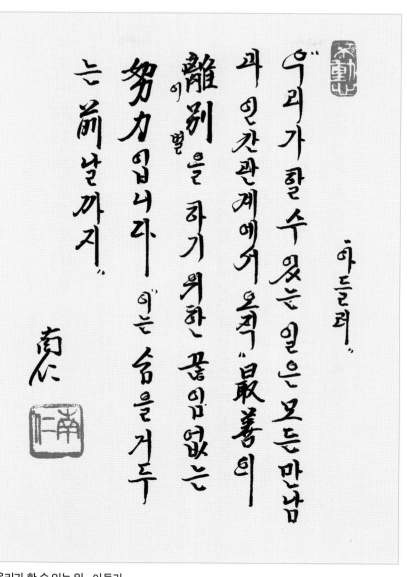

우리가 할 수 있는 일 - 아들러

Alfred Adler(1870-1937) '미움 받을 용기' 책 저자

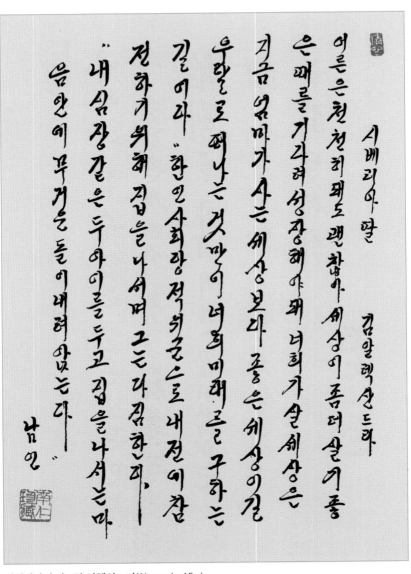

시베리아의 딸 김알렉산드라

어른은 천천히 돼도 괜찮으나 세상이 좀더 살기 좋은 때를 기다려 성장해야 돼 너희가 살 세상은 지금 얼마가 사는 세상보다 좋은 세상이길 우랄로 떠나는 것만이 너희 미래를 구하는 길이라 "한인 사회당적 뒤끝으로 내 전이 참 전하기 위해 집을 나서며 그는 다짐한다. "내 심장같은 두아이를 두고 집을 나서는다 음안에 꾸거운 돌이 내려 앉았는다."
남인

시베리아의 딸 - 김 알렉산드라(Alexandra Kim)

Alexandra Kim(1885-1918) 러시아 고려인, 사회주의 운동가, 일제강점기 한인사회당 결성

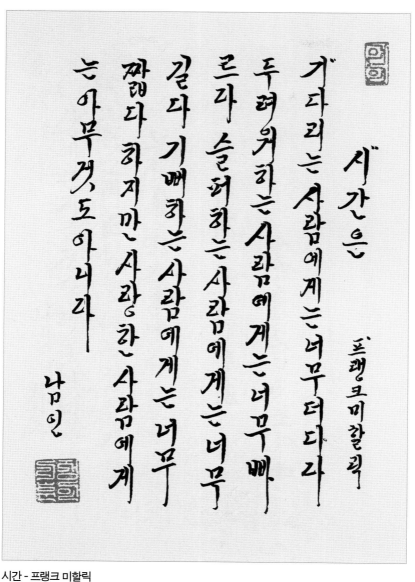

시간 - 프랭크 미할릭

사제, 선교생활

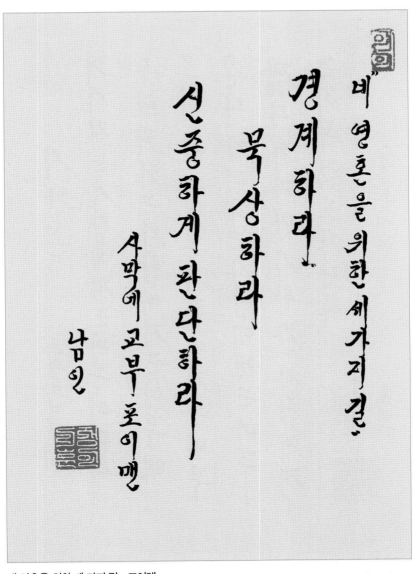

네 영혼을 위한 세 가지 길 - 포이멘
사막의 교부

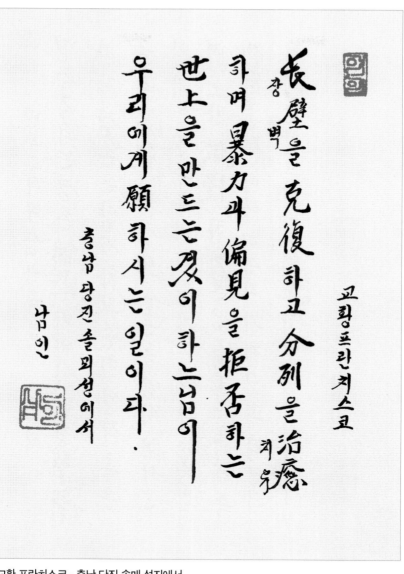

長壁을 克復하고 分列을 治癒
하며 暴力과 偏見을 拒否하는
世上을 만드는 것이 하느님이
우리에게 願하시는 일이다.

교황프란치스코

충남 당진 솔뫼성에서

남인

교황 프란치스코 - 충남 당진 솔매 성지에서

마음을 열어주는 지혜, 영혼에 빛을!

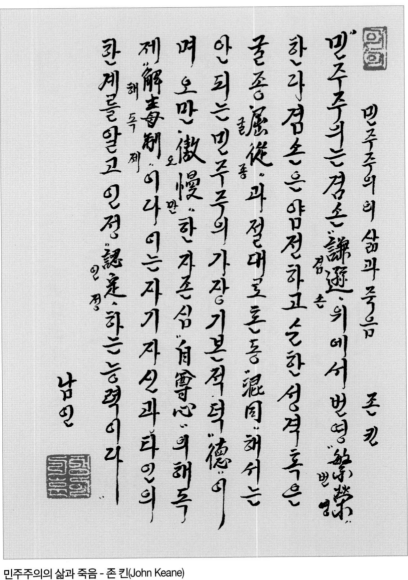

민주주의의 삶과 죽음 존 킨

민주주의는 겸손(謙遜) 위에서 번영(繁榮)
한다 겸손은 안전하고 순한 성격 혹은
굴종(屈從)과 절대로 혼동(混同)해서는
안 되는 민주주의의 가장 기본적인 덕(德)이
며 오만(傲慢)한 자존심(自尊心)의 해독
제(解毒劑)이다 이는 자기자신과 타인의
한계를 알고 인정(認定)하는 능력이라—

남인

민주주의의 삶과 죽음 - 존 킨(John Keane)
호주 시드니대 교수

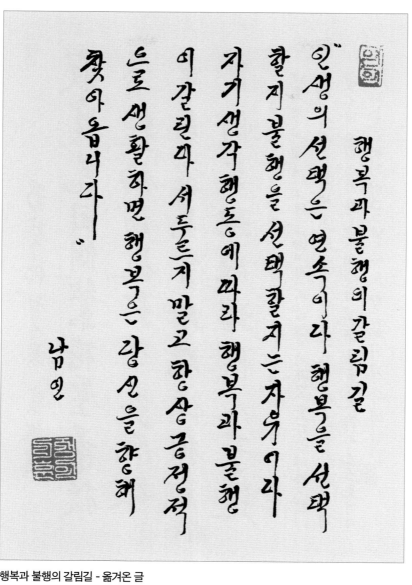

행복과 불행의 갈림길

"인생의 선택은 연속이다. 행복을 선택
할지 불행을 선택할지는 자유이다.
자기 생각 행동에 따라 행복과 불행
이 갈린다. 서두르지 말고 항상 긍정적
으로 생활하면 행복은 강산을 향해
찾아옵니다."

남인

행복과 불행의 갈림길 - 옮겨온 글

蜀葵花 "접시꽃 崔致遠

寂寞荒田側 繁花壓柔枝
香輕梅雨歇 影帶麥風欹
車馬誰見賞 蜂蝶徒相窺
自慚生地賤 堪恨人棄遺 南 仁

인적이 드문 거친 밭에 탐스런 꽃이 연약한 가지에
매화철의 비가 그칠무렵 향내는 맑은데 보리는 바람에
그림자 기울였네 수레탄 사람 그누가 걸 주는가 벌나비
찾아와 이리저리 볼 뿐 태생의 본래 좋지 못하다 스스로여겨
사람들에게 버림받아도 말없이 견디네

접시꽃(蜀葵花) - 최치원(崔致遠)

최치원(崔致遠, 857-?) 통일신라 말기 학자, 문장가
적막황전 측번화 압유지 향경매우헐 영대맥풍의
거마수견상 봉접도상규 자참생지천 천감한인기유

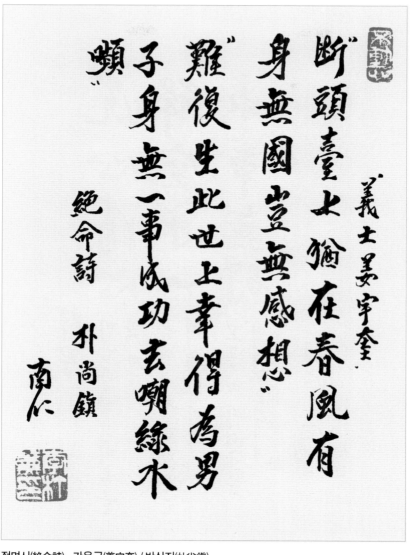

절명시(絶命詩) - 강우규(姜宇奎) / 박상진(朴尙鎭)

강우규(姜宇奎, 1855-1920) 독립운동가, 총독 사이토의 마차에 폭탄을 던졌으나 뜻을 이루지 못함.
단두대상 유재춘풍 유신무국 개무감상 : 단두대에 홀로 서니 봄바람이 감도는구나. 몸은 있어도 나라가 없으니 어찌 감상이 없으리오.
박상진(朴尙鎭, 1884-1921) 일제강점기 대한광복회 총사령관 역임 독립운동가
난복 생차 세상행득 위 남자신 무일사 성공거조 녹수빈 : 다시 태어나기도 어려운 세상에 다행히도 남자의 몸을 얻었거늘 한 가지 일도
성사치 못한 채 죽어간다면 청산이 웃을 것이요 녹수도 찡그려 빈축을 살 것이다.

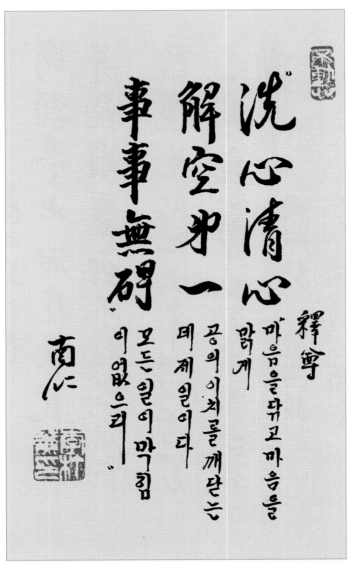

洗心淸心 釋尊 마음을닦고마음을맑게

解空第一 공의이치를깨닫는데제일이다

事事無碍 모든일이막힘이없으리

석존(釋尊)

세심청심 : 마음을 닦고 마음을 맑게 / 해공제일 : 공의 이치를 깨닫는데 제일이다.

사사무애 : 모든 일이 막힘이 없으리. /

현상계의 제사상(諸事象)이 서로 융합하여 방해함이 없음이니라.

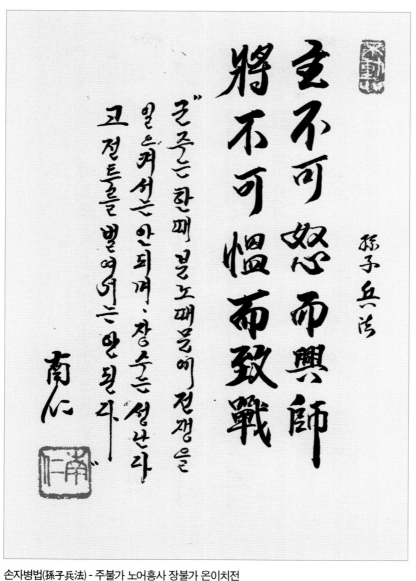

主不可怒而興師
將不可慍而致戰 孫子兵法

"군주는 한때 분노때문에 전쟁을
일으켜서는 안되며, 장수는 성난다
고 전투를 벌여서는 안된다"

南仁

손자병법(孫子兵法) - 주불가 노어흥사 장불가 온이치전

마음을 열어주는 지혜, 영혼에 빛을!

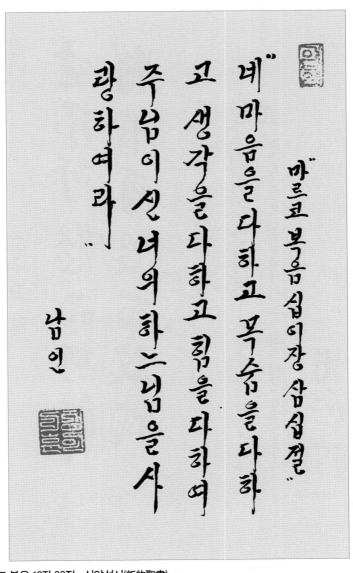

마르코 복음 십이장 삼십절.

"네 마음을 다하고 목숨을 다하
고 생각을 다하고 힘을 다하여
주님이신 너의 하느님을 서
랑하여라."

남인

마르코 복음 12장 30절 - 신약성서(新約聖書)

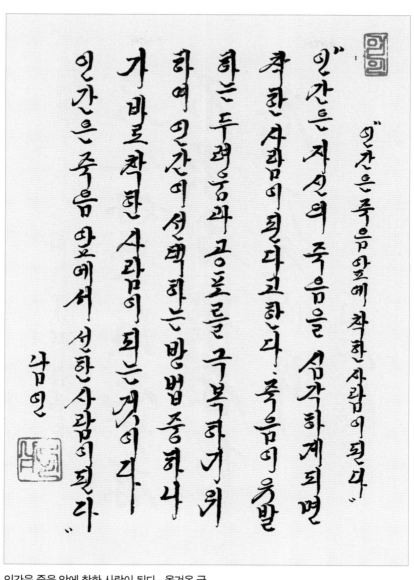

"인간은 죽음 앞에 착한 사람이 된다.

인간은 자신의 죽음을 심각하게 되면 착한 사람이 된다고 한다. 죽음이 유발하는 두려움과 공포를 극복하기 위하여 인간이 선택하는 방법 중 하나가 바로 착한 사람이 되는 것이다.

인간은 죽음 앞에서 선한 사람이 된다."

남인

인간은 죽음 앞에 착한 사람이 된다 - 옮겨온 글

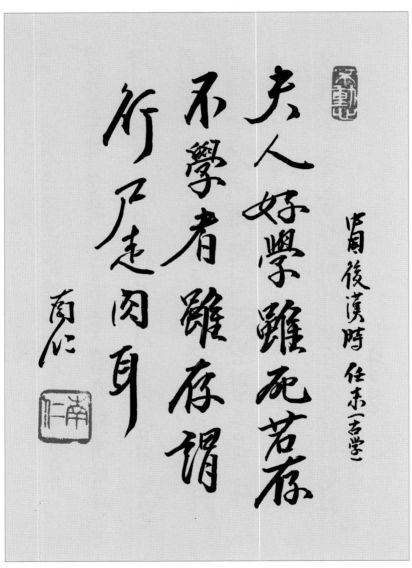

고학(古學) 습유기(拾遺記) - 중국 후한서 임말(任末)

부인호학수사약존 불학자수존위 행시주육이
후한의 임말이 말하기를 '배우기를 좋아한 사람은 비록 죽어도 살아 있는 듯하며 배우지 않는자는 비록
살아있어도 죽어있는 시체에 지나지 않으니라.'

業報

宿命은 必然이오 運命은 變化
요 自我는 나요 贖罪하고 配慮
하며 感謝하는 마음은 善業이
오 이기적이고 共公의 安寧을
破壞하는 것은 惡業이라

南仁

업보(業報) - 옮겨온 글

매미"蟬"의 오덕"五德"

매미에게 文은、清、청、廉、염、儉、검、信、신、의
오덕이 있다。 끈게 뻬든 입모양이 마치 선비의
갓끈 같다고 하여 文이 있고、이슬과 수액
擢液"만을 마신다고 하여 清、이 있으며、남이
지어놓은 곡식을 축내지 않아 廉、이 있고、
제 살 집조차 없이 검소하여 儉、이 있
으며、허물을 벗고 죽을 때를 알고 지킨다하
여 信、이 있다고 한다── "매미는 君子"군자"가
갖춰야 할、德目"덕목"을 갖췄다 하여 朝鮮

매미(蟬)의 오덕(五德)

時代 조선시대 임금은 매미날개 模樣 모양의

帽子 모자를 썼습니다 임금이 썼던 帽子 모자

는 뒷편에 매미의 날개 模樣 모양을 달아 날개

翼익 매미 蟬선 字자를 써 翼蟬冠익선

관이라 불렀습니다 官吏관리 들이 官服

관복을 입을 때 썼던 烏紗帽 오사모에도 매

미날개 模樣 모양의 裝飾장식을 달았습

니다

남인

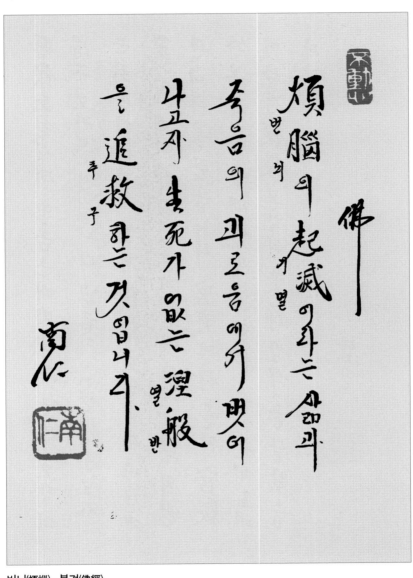

佛

煩惱의 起滅이라는 삼매괴

죽음의 괴로움에 유뎃어

낳고자 生死가 없는 涅槃

을 追救하는 것입니다.

번뇌(煩惱) - 불경(佛經)

做事 不患 日力不足
但患 心力不逮耳

日得錄   홍재선

모든 일을 함에 있어서 시간이
부족하지 않을까 걱정하지 말고
내가 마음을 바쳐 최선을 다할 수
있을지, 그것을 걱정하라、

남인

일득록(日得錄) - 홍재선(洪在善)

주사불환 일력부족 단환심력 불체이
조선 정조(正祖)대왕 어록

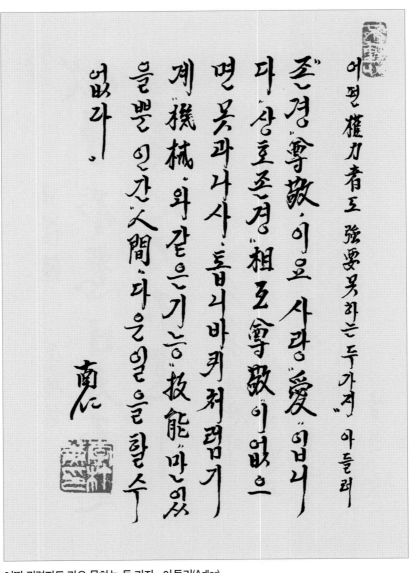

어떤 權力者도 強要못하는 두 가지 아들러

존경尊敬이요 사랑愛이니 다 상호조경相互尊敬이없으면 못과사 톱니바퀴처럼 기계機械와 같은 기능技能만있을뿐 인간人間다운 일을할수 없다.

南仁

어떤 권력자도 강요 못하는 두 가지 - 아들러(Adler)

Alfred Adler(1870-1937) 오스트리아 유대계 의사, 개인 심리학의 창시자

親舊(친구)란 靈魂(영혼)과 肉身(육신)을
함께 거면서 平生(평생)을, 죽음까
지 걸어가는 사람이다 平生(평생)내
곁에한 사람만 있어한 살이
祝福(축복) 받는 다면 幸福(행복)한 삶이
되리라

친구(親舊) - 남인 리정훈 시인

243 마음을 열어주는 지혜, 영혼에 빛을!

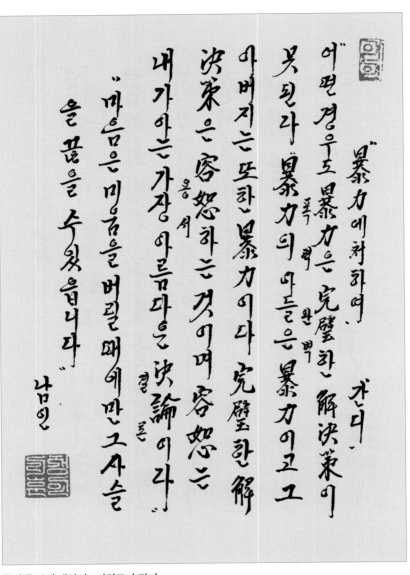

暴力에 처하여、 간디

어떤 경우도 暴力은 完璧한 解決策이
못 된다. 暴力의 때들(폭력, 완벽)은 暴力이고 그
아버지는 또한 暴力이다 完璧한 解
決策은 容恕하는 것이며 容恕는
내가 아는 가장 어르끄다은 決論이라(용서, 결론)
"마음은 미움을 버릴때에만 그사슬
을 끊을 수 있읍니다"

폭력(暴力)에 대하여 - 마하트마 간디

Mahatma Gandhi(1869-1948) 인도의 독립운동가, 비폭력주의 운동주도

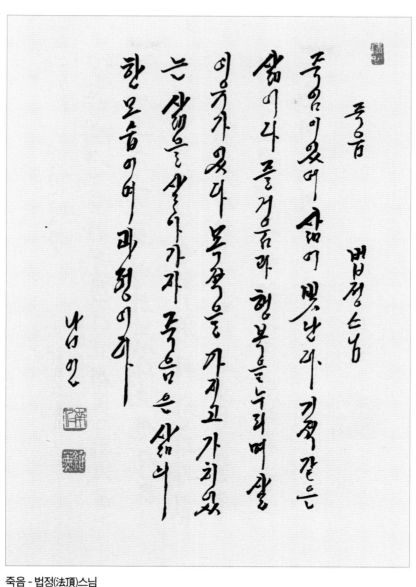

죽음 - 법정(法頂)스님

법정(法頂)스님(1932-2010) 본명 박재철, 대한불교 조계종 길상사 스님

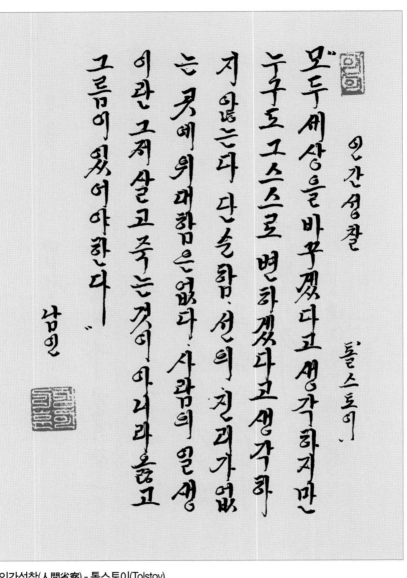

인간성찰　　　톨스토이

모두 세상을 바꾸겠다고 생각하지만
누구도 그 스스로 변화하겠다고 생각하
지 않는다. 단, 선의 진리가 없
는 것에 위대함은 없다. 사람의 일생
이란 그저 살고 죽는 것이 아니라 옳고
그름이 있어야 한다.

남인

인간성찰(人間省察) - 톨스토이(Tolstoy)

Lev Nikolaevich Tolstoy(1829-1910) 러시아의 문호, 개혁가, 도덕사상가, 세계적 소설가

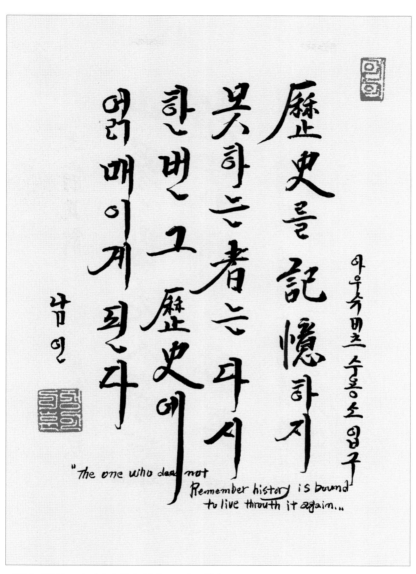

歷史를 記憶하지 못하는 者는 다시 한번 그 歷史에 얽매이게 되다

아우슈비츠 수용소 입구

남연

"The one who does not Remember history is bound to live throuth it again..."

아우슈비츠(Auschwitz) 수용소 입구 - 프리모 레비

Primo Levi(1919-1987) 이탈리아 토리노 출신, 아우슈비츠 수용소 생존 작가

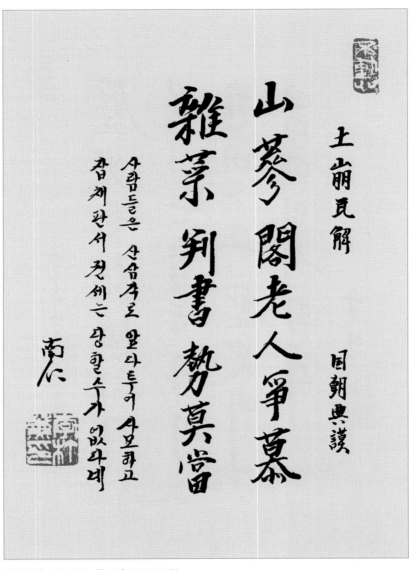

토붕와해(土崩瓦解) - 국조전모(國朝典謨)

'광해군 일기' 중에서
산삼 각노인 쟁모 잡채 판서세막당

이 세상을 살아갈 때 아들에게, 아버지의 말

이 세상을 살아갈 때 아들에게, 아버지의 말

자기 향상을 위하여 노력에는 지나침이 없다.

큰 그릇의 마음으로 세상을 살아라.

성공을 위한 마음을 가져라. 성공을 위한 삶의 태도를.

나만의 푸짐사한 주관을 가져라.

우정을 키워나가는 방법을.

인간관계의 비밀 찾아. 너나온 인격을 길러라. 인생

최대의 고흘을 되쳐라.

남인

이 세상을 살아갈 때 아들에게 - 필립 체스터필드

Philip Dormer Stanhope, 4th Earl of Chesterfield(1694-1773), 영국의 정치가, 문필가
'아버지의 말' 책 중에서

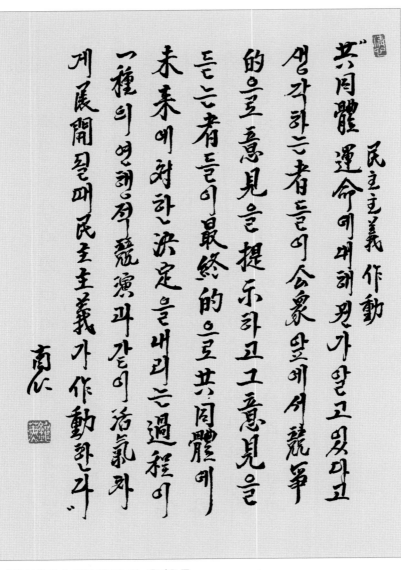

民主主義의 작동(作動) - 옮겨온 글

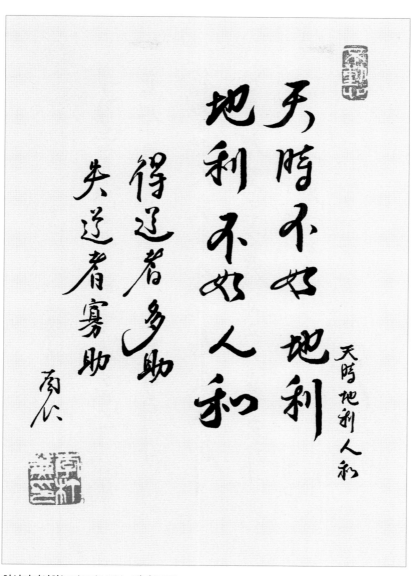

천시지리인화(天時地利人和) - 맹자(孟子)

천시불여지리 지리불여 인화
하늘의 시운은 땅의 이치만 못하고, 땅의 이치는 사람의 화합만 못하니라.

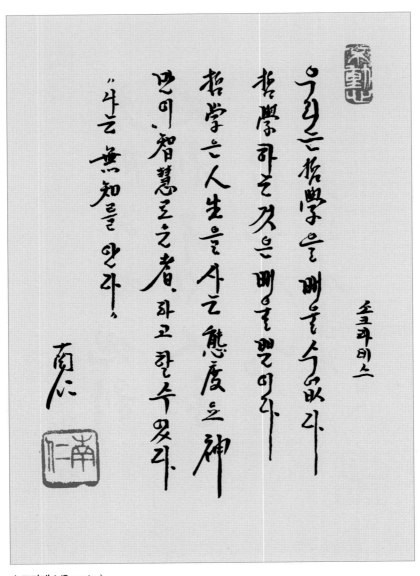

우리는 哲學을 배울 수 없다

哲學하는 것은 배울 뿐 이다

哲學은 人生을 사는 態度之神

만이, 智慧로운 者, 하고 할 수 있다.

"나는 無知를 안다."

소크라테스

소크라테스(Socrates)

Socrates(BC.470-BC.399) 그리스 철학자, 아테네 출신, 4대 성인의 한 분

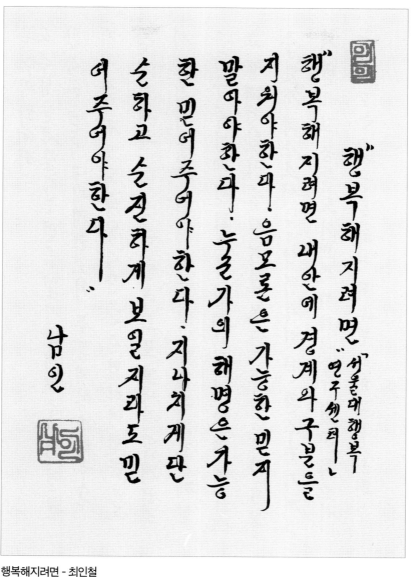

"행복해지려면, "서울대 행복
연구센터" 내안에 경계와 구분을
지워야한다. 물론은 가능한 민저
말아야한다. 누군가의 혜명은 가능
한 믿어주어야 한다. 지나치게딴
소리고 순진하게 보일지라도 믿
어주어야 한다."

남인

행복해지려면 - 최인철
서울대 행복연구센터, 서울대 심리학과 교수

도 주님을 사랑하는 믿음이 흔들리지 않게 해주시어 · 영원
한 생명언어 누리게 하소서 · 주님께서 내려주신
저의 삶 · 제게 허락하신 시간을 순명하며 믿음으로
살게 하시고 · 어리석음과 후회로 보내지 않게 하소
서 · 주님의 품을 떠나서는 살 수없는 것을 깨달
습니다 · 주님께 청하오니 언제나 저와 함께 해주시
고 늘 깨어있어 · 숨결처럼 오시는 주님을 알아볼
수 있게 해주소서 · 주님의 사명을 완수하기까
지 받는 고통들도 기쁘게 이겨낼 수 있게 하소서 ·
저의 모든 사람을 통하여 하느님 아버지를 드러

욕심(欲心)과 죄(罪)에서 - 기도문(옮겨온 글)

내게 하시고 이 세상을 비추는 작은 불꽃 되

게 하소서 불꽃 다 하여 이 세상을 떠나 주님

앞에 섰을 때 부끄럽지 않은 주님의 자녀

되게 하소서 제가 짊어진 이 십자가는 제

의 삶이며 주님께 가는 길의 짐이옵니다.

저의 힘이며 모든 것이신 주님 제가 주님

을 사랑합니다.

남인

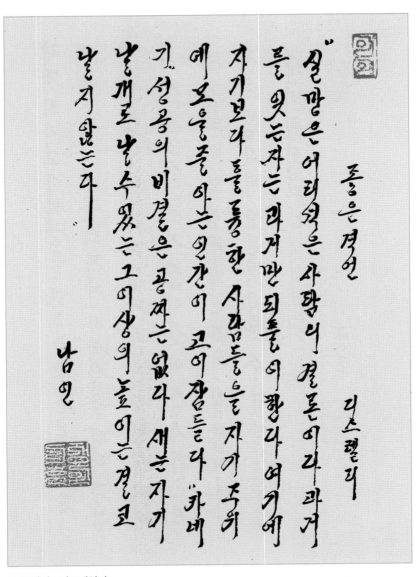

좋은 격언   디즈렐리

실망은 어리석은 사람의 결론이라 하거
늘 잇는 자는 과거만 되돌어 한다 여기에
자기보다를 통한 사람들을 자기 주위
에 모을줄 아는 인간이 그이 잠들다 카베
기 성공의 비결은 공짜는 업다 새은 자기
날개로 날수있는 그의 상의 놀이는 결코
날지 않는다

남인

좋은 격언 - 디즈레일리

Benjamin Disraeli, 1st Earl of Beaconsfield(1804-1881) 영국 수상, 저술가

삶을 느끼면서 - 양태석
'긍정의 한 줄' 책 중에서, 저자

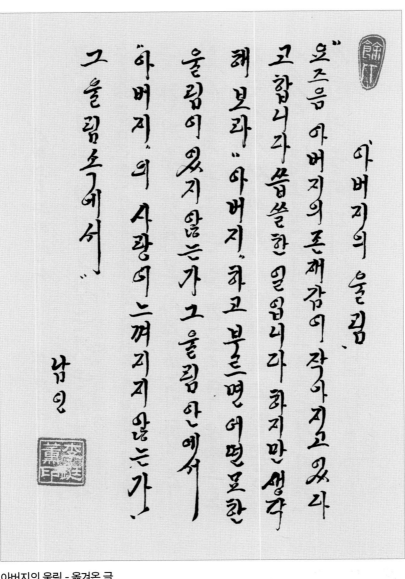

아버지의 울림

"오즈음 아버지의 존재감이 작아지고 있다
고 합니다. 쓸쓸한 일입니다. 하지만 생각
해 보라. "아버지"라고 불르면 어떤 모한
울림이 있지 않는가 그 울림 안에서
아버지의 사랑이 느껴지지 않는가.
그 울림 소리에서."

남인

아버지의 울림 - 옮겨온 글

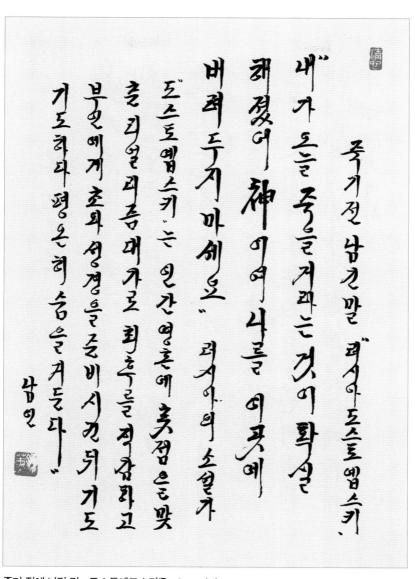

내가 오늘 죽을 거라는 것이 확실
해졌어 神이여 나를 이곳에
버려두지 마세요.

"죽기 전 남긴 말 "러시아 도스토옙스키,

도스토옙스키는 인간 영혼에 촛점은 맞
춘 리얼리즘 대가로 최후를 직감하고
분에게 초회 성경을 준비시킨 뒤 기도
기도하다 평온히 숨을 거둔다.

죽기 전에 남긴 말 - 도스토예프스키(Dostoyevsky)

Fyodor (Mikhaylovich) Dostoyevsky(1821-1881) 러시아 소설가, 19세기 러시아의 사실주의 문학 대표
작가

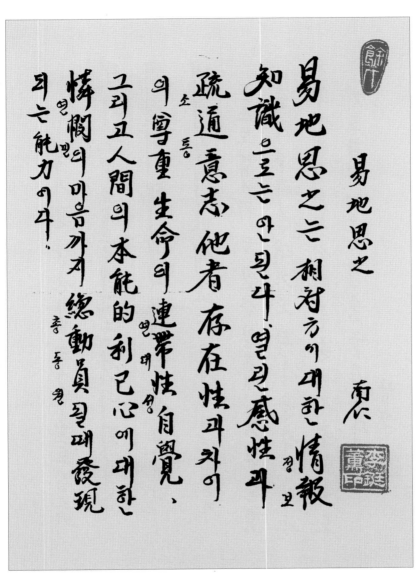

易地思之　南仁

易地思之는 相對方에 대한 情報
知識으로는 안될나 열린 感性과
疏通意志 他者 存在性과 자아
의尊重 生命의 連帶性 自覺、
그리고 人間의 本能的 利己心에 대한
憐憫의 마음까지 總動員될때 發現
되는 能力이다.

역지사지(易地思之) - 옮겨온 글

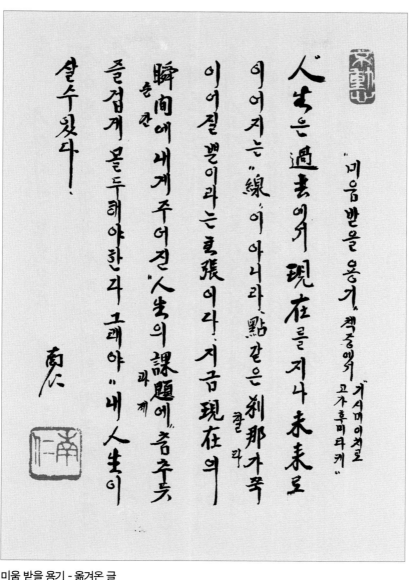

"미움 받을 용기" 책중에서 고가후미타케

人生은 過去에서 現在를 지나 未來로 이어지는 "線"이 아니라. 點같은 刹那가 쭉 이어질 뿐이라는 主張이다. 지금 現在의 瞬間에 내게 주어진 "人生"의 課題에 음주듯 즐겁게 몰두해야 한다 그래야 "내 人生"이 살수 있다!

미움 받을 용기 - 옮겨온 글

'미움 받을 용기' 책 중에서 일부
기시미이치로, 고가후미타게 著, 일본철학자가 아들러 심리학을 참고해 저술한 책

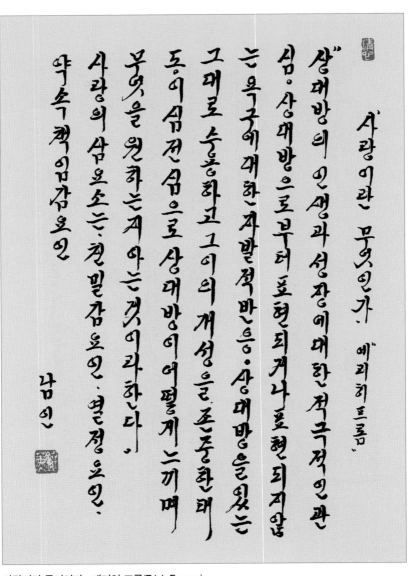

"상대방의 인생과 성장에 대한 적극적인 관심. 상대방으로부터 표현되거나 표현되지 않는 욕구에 대한 자발적 반응. 상대방을 있는 그대로 수용하고 그의 개성을 존중한 태도이십전심으로 상대방이 어떻게 느끼며 무엇을 원하는가 아는 것이라 한다. 사랑의 삶모습은 친밀감이인. 별정이인. 약속ㄱ책임감이인

사랑이란 무엇인가 - 에리히 프롬(Erich Fromm)

Erich Fromm(1900-1980) 독일계 미국인, 세계적으로 유명한 사회심리학자, 정신분석학자, 인문주의 철학자

言語는 存在의 집이다. 까구쓴 아배는 "아무말"은 의사소통을 단절시키는 소음이 되고 참과 거짓을 뒤섞는 의도적 "아무말"은 사회를 위태롭게 만든다 사람과 사람 사이를 이어주는 것이 의미있는 어휘와 올바른 문법에 실려 오가는 말일진대 아무말은 우리를 깨고 개인을 고립시킨다

아무 말 대잔치 - 노혜경
부산 출신 시인

念身不求無病、身無病則貪慾乃生
處世不求無難、世無難則驕奢必起
究心不求無障、心無障則所學躐等
立行不求無魔、行無魔則誓願不堅
謀事不求易成、事易成則志成輕慢
交情不求益我、情益我則虧失道義
於人不求順適、人適通則心自矜
施德不求望報、德望報則意有所圖
見利不求霑分、利霑分則癡心必動
被抑不求申明、抑申明則人我未忘

寶王三昧論　中國 明나라 묘협스님

보왕삼매론(寶王三昧論) - 묘협(妙叶)스님

중국 명나라 때 스님

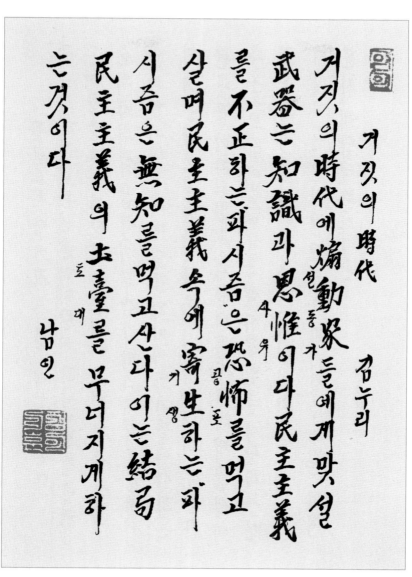

거짓의 시대 - 김누리

대한민국 학자, 교수, 독문학자, '독일문학사 개관'

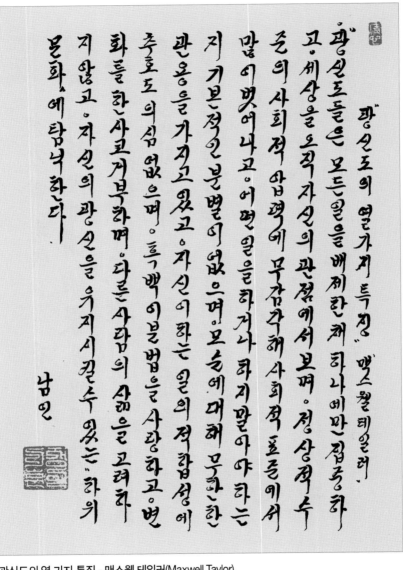

"광신도의 열가지 특징" 맥스웰 테일러.

"광신도들은 모든 일을 배제한채 하나에만 집중하고. 세상을 오직 자신의 관점에서 보며. 정상적 수준의 사회적 압력에 무감각해 사회적 표준에서 많이 벗어나고. 어떤 일을 하거나 하지 말아야 하는지 기본적인 분별이 없으며. 모승에 대해 무한한 관용을 가지고 있고. 자신이 하는 일의 적합성에 추호도 의심 없으며. 흑백의 분법을 사랑하고. 변화를 한사코 거부하며. 다른 사람의 삶을 고려하지 않고. 자신의 광신을 유지시킬수 있는. 하위문화에 탐닉한다.

남인

광신도의 열 가지 특징 - 맥스웰 테일러(Maxwell Taylor)
Maxwell Davenport Taylor(1901-1987) 한국전쟁 참여

"말할 때"

"말은 사상의 옷이요 마음의 그림이라고 한다. 말은 말하는 사람의 사상과 마음가짐을 그대로 반영한다. 말에는 그 사람의 인격이 고스란히 담겨 있고 말로서 인격이 드러난다. 이에 누구나 세 번쯤 생각하고 말을 해야 한다.

남인

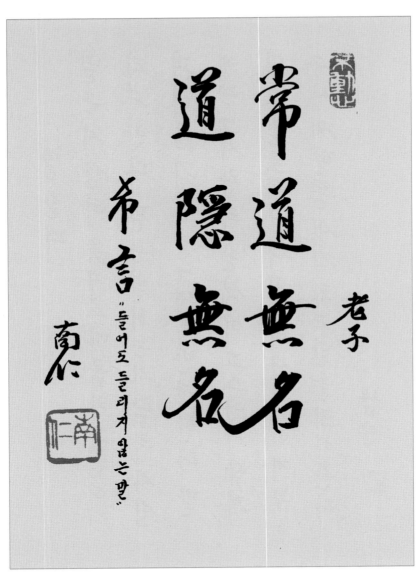

노자(老子)

상도무명 : 항상 도는 이름이 없다.
도은무명 : 숨어있는 도 또한 이름이 없다.
노자(老子, ?-?) 도가(道家)의 창시자, 초(楚)나라사람

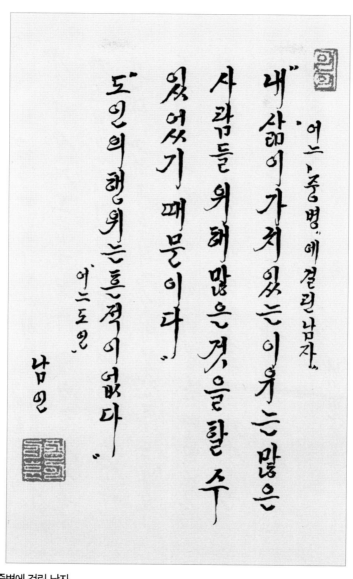

어느 중병에 걸린 남자

'어느 중병에 걸린 남자가 헨리에게 보낸 편지 글' 중에서

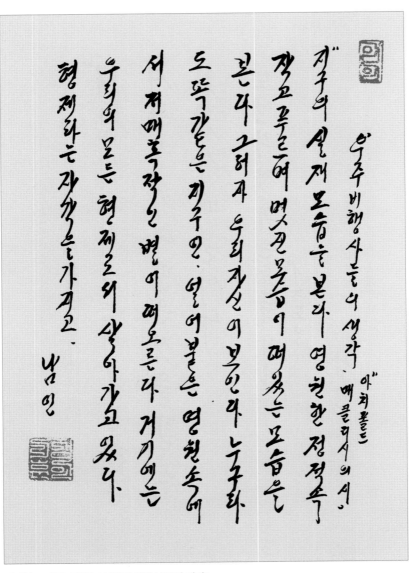

우주 비행사들의 생각   아치볼드

"우주 비행사들의 생각" 매클리시의 시,

지구의 실제 모습을 본다 영원한 정적속

작고 푸르르며 머스먼 모습이 떠오는 모습을

본다 그러자 우리자신이 부인과 누구라

도 똑같은 지구인. 얼어 붙은 영원 속에

서 처매독작은 별이 떠오른다 거기에는

우리와 모든 형제로서 살아가고 있다.

형제라는 자각은 가지고.   남인

아치볼드 매클리시의 시 '우주 비행사들의 생각'

Archibald MacLeish(1892-1982) 미국의 시인, 극작가, 교사, 공무원

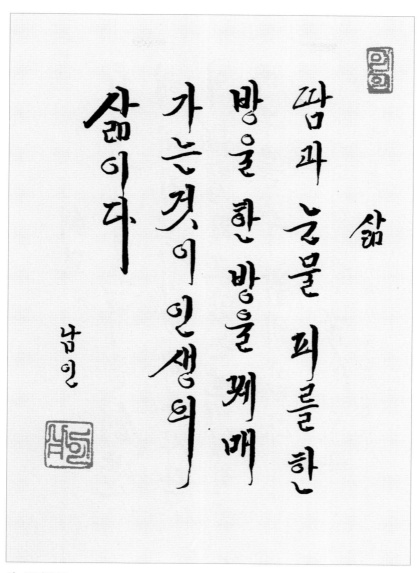

삶 - 옮겨온 글

마음을 열어주는 지혜, 영혼에 빛을!

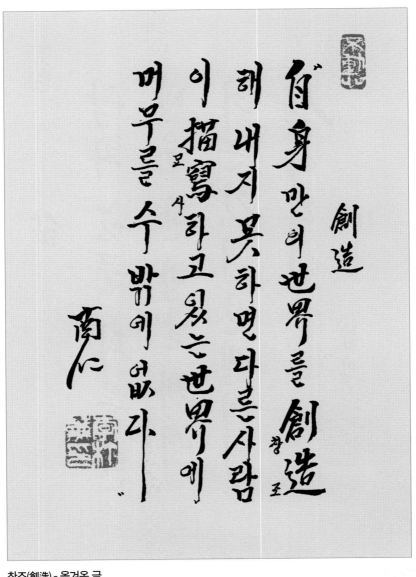

創造

自身만의 世界를 創造

해내지 못하면 다른 사람

이 揩寫하고 있는 世界에
모 사

떠무를 수 밖에 없다

南仁

창조(創造) - 옮겨온 글

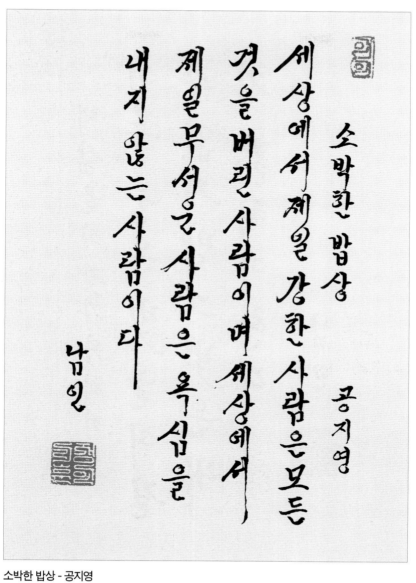

소박한 밥상   공지영

세상에서 제일 강한 사람은 모든 것을 버린 사람이며 세상에서 제일 무서운 사람은 욕심을 내지 않는 사람이다

남인

소박한 밥상 - 공지영

공지영(孔枝泳, 1963-) 대한민국 소설가, 노동운동가

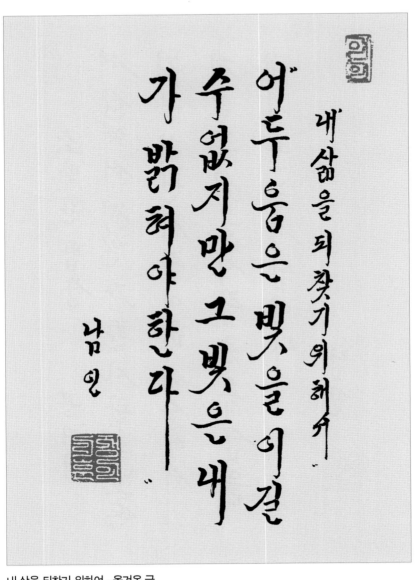

내 삶을 되찾기 위하여 - 옮겨온 글

"삶의 가치의 깨달음,

"행복의 가치는 슬픔에서 알게 되고,

기쁨의 가치는 눈물에서 배우게 되고,

사랑의 가치는 이별에서 알았고, 젊음의 가치는 나이들어 알았습니다

깨우치는 것이 도道라 하면 바로 실행하는 것이 삶의 지혜, 智慧롭다 한것입니다."

남인

삶의 가치의 깨달음 - 옮겨온 글

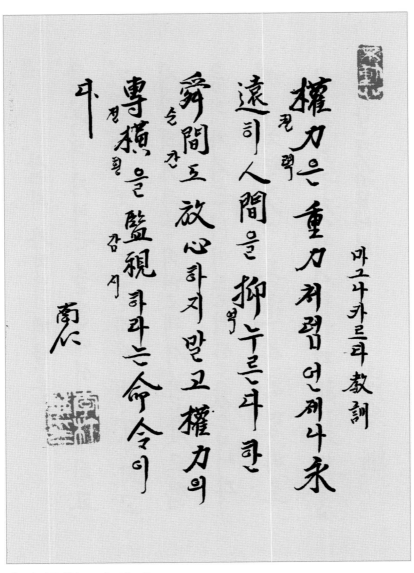

마그나 카르타(Magna Carta) 교훈

Magna Carta(대헌장) 1215년 6월 15일 잉글랜드의 존(John)왕이 서명한 63개 조항의 문서를 말한다.
근대 헌법과 인권의 초석이 되었다.

태극기 집회와 극단주의 감별법

一. 태극기 부대와 극단주의 실상을 보자。 첫째 극소수에 불과하다 그러나 참가자들의 다양성。 들째, 비자발적 참여라는 추측이라。 보수단체의 동원 일당 주고 샀다는 것 다수는 조직에 속해있지 않고 각탕 점에서。 "루저현상 이라는 해석 즉 사회의 변화에 나오회 패자들 어란 것이며。 셋째、 노인집회라는 편견이 있다하지만 연령층이 다양하라 이처럼 태극기 부대 집회는 다양한 연령・소득・직업계층의 사람들이

태극기 집회와 극단주의 감별법 1

2020년 10월 15일 한겨레신문에서, 신진욱 중앙대학교 사회학과 교수

강한 자발적 동기로 참여하는 우익정치은 동
현상으로 봐야한다. 우리는 한국사회에서 보
수가 아닌 극우의 세력이 누구인지 감별할기
준을 알아보자. 극우의 전형적특성은 · 첫째
민주주의 전체부정이다. 자유·민주구로를 왜
친다 해도 실제로 정부체제제도전면 불신한다
· 둘째 · 점령 이데올로기가 사회전체를 점령해
서조정화라는 망상과 음모론을 갖고있다
· 셋째 · 전체주의 문화다 제복과 총기착용 근

태극기 집회와 극단주의 감별법 2
2020년 10월 15일 한겨레신문에서, 신진욱 중앙대학교 사회학과 교수

가 전쟁의 언어 개인 수배 들어 식별 지토다 옛
째 혐오 배제 절멸의 담론이다 특정 집단을
악으로 규정화하여 사회에서 추방 제거하려한다
여섯째、폭력성이다 증오 폭격을 행사하게
나 정당화함으로써 그것을 고무한다、이런 위
험을 극복하기 위해서는 우리사회의 다수가
큰 목소리로 "극단주의 증오의 정치를 허락
하지않고 분명하고 강력하게 메시지를 전달
태야한다——중앙대 사회학 교수

신진욱,

남인

태극기 집회와 극단주의 감별법 3
2020년 10월 15일 한겨레신문에서, 신진욱 중앙대학교 사회학과 교수

可貴天然物　獨一無伴侶
覓他不可見　出入無門戶
提之在方寸　延之一切處
爾若不信受　相逢不相遇

寒山詩・唐나라

만물을 귀하게 여겨라 오직 하나라 짝할
존재없다네 붙잡아두면 마음속에
있지만 빼어내려 가면 없는 곳이 없다네
그대 만약 그것을 믿지 않음는다면 서로 만
나도 만날 수 없다네

한산(寒山)의 시

한산(寒山) 당(唐)나라의 승려, 시인, 선승(禪僧)
가귀천연물 독일무반려 / 멱타불가견 출입무문호
착지재방촌 연지일체처 / 이약불신수 상봉불상우

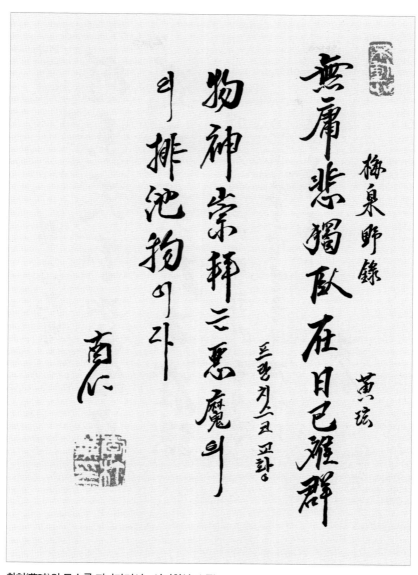

황현(黃玹)의 묘소를 지나가면서 - 이건창(李建昌)

매천야록(梅泉野錄)의 저자 황현(黃玹)의 묘소를 지나가면서 영재 이건창(李建昌)이 쓴 시
무용비독와, 재일기이군 : 홀로 누워있는 것을 슬퍼하지 마소. 살아서도 이미 무리떠나 혼자 있었던 걸.

물신숭배는 악마의 배설물이다 - 프란치스코 교황

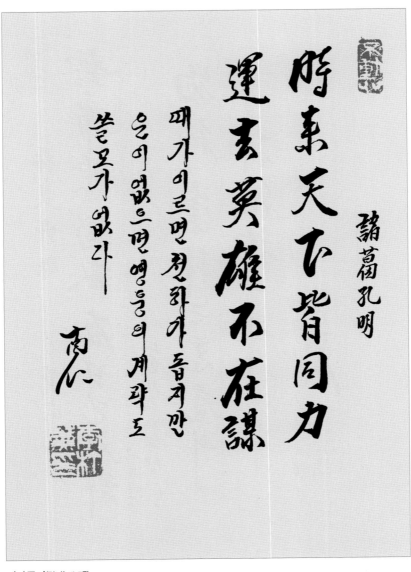

將束天下皆同力
運去英雄不在謀

諸葛孔明

때가 이르면 천하가 돕지만
운이 없으면 영웅의 계략도
쓸모가 없다

제갈공명(諸葛孔明)

제갈량(諸葛亮, 181-234) 촉(蜀)나라 정치가, 유비(劉備)의 책사
시래천하개동력 운거영웅부재모

키스. "그릴바루차.

손등은 존경의 키스
손바닥위는 간청의 키스
팔위에는 욕망의 키스
볼에는 친절의 키스
입술에는 애정의 키스
감은 두 눈위에는 동경의키스
이마위는 우정의 키스
그리고 그 밖에는 모두 미친것
키스는 사랑의 물결.

남인

키스(Kiss) - 그릴 파르처

Franz Grillparzer(1791-1872) 오스트리아의 극작가

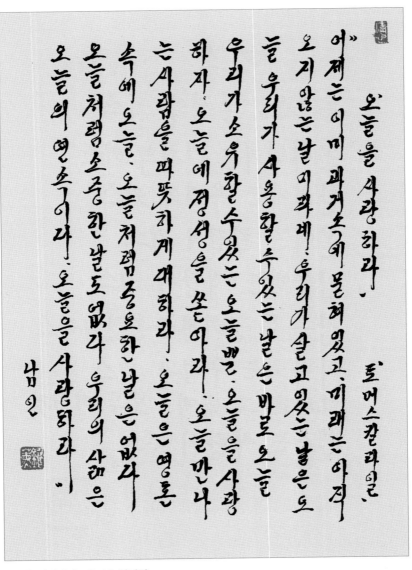

오늘을 사랑하라.

어제는 이미 과거속에 묻혀 있고, 미래는 아직 오지 않는 날이라네. 우리가 살고 있는 날은 오늘 우리가 사용할 수 있는 날은 바로 오늘 우리가 소유할 수 있는 오늘, 오늘을 사랑하자. 오늘에 정성을 쏟아라. 오늘 만나는 사람을 따뜻하게 대하라. 오늘은 영원속에 오늘, 오늘처럼 중요한 날은 없다 오늘처럼 소중한 날도 없다 우리의 삶은 오늘의 연속이다. 오늘을 사랑하라.

토머스칼라일

남인

오늘을 사랑하라 - 토마스 칼라일
Thomas Carlyle(1795-1881) 영국 스코틀랜드 출생, 철학자, 사학자, 비평가

음악과 스피노자

음악은 "천상의 소리"라면 향기는 신의 냄새다 아무리 값비싼 향수라도 체취를 오랫동안 가리지 못한다. 아무리 고운 한 언사라도 부패한 마음을 오랫동안 가리지 못한다. 우리들이 지닌 인격과 흙땅의 한계는 냉철하게 생각해야 한다 나와 양심 그들 사이에귀··웃지말 고 깨닫하지 말며 험오하지 말라 그렇게 만 이해하라라

남인

음악과 스피노자 - 스피노자(Spinoza)

Benedict(Baruch) de Spinoza(1632-1677) 네덜란드 형이상학적 유물론 철학자

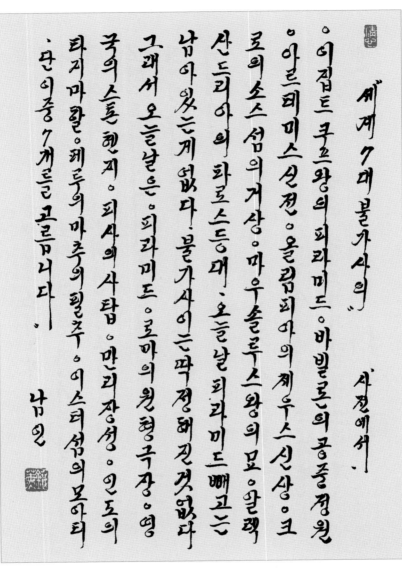

세계 7대 불가사의

세계 7대 불가사의, 사전에서.

○ 이집트 쿠프왕의 피라미드. ○바빌론의 공중정원 ○아르티미스신전. ○올림피아의 제우스신상. ○크로의 소스섬의 거상. ○마우솔루스왕의 묘. ○알렉산드리아의 화로스등대, 오늘날 피라미드 빼고는 남아있는게 없다! 불가사의는 딱정되진 것 없다

그래서 오늘날은 ○피라미드 ○로마의 원형극장. ○영국의 스톤헨지. ○피사의 사탑. ○만리장성. ○인도의 타지마할. ○페루의 마추의 활주. ○이스터섬의 모아티, 단 이중 7개를 고릅니다.

남인

세계 7대 불가사의 - 백과사전에서 옮겨온 글

"최고 경영자가 갖어야 할 일곱
　　　　가지 능력과 다섯가지 조건"
첫째. 희망을 주는　꿈
둘째. 지혜로은　　　꾀
셋째. 다향한 재능　끼
넷째. 추진력　　　　깡
다섯째. 전문지식을 가진　끈
여섯째. 남에게 부담을 주지않는　끌
일곱째. 사회각계로의　끈

"조건"
1. 정열적으로 일하는　화끈
2. 불의를 보고 참지못하는　발끈
3. 외모의　매끈
4. 부하의 잘못을 때로는 묵인 질끈
5. 조직을 포용하는 따끈

　　　　　　　　남인

최고경영자가 갖어야 할 7가지 능력과 5가지 조건 - 옮겨온 글

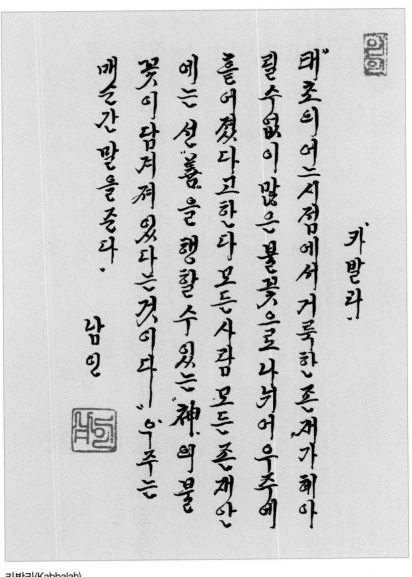

카발라

"태초의 어느 시점에서 거룩하ㄴ 존재가 헤아
릴 수없이 많은 불꽃으로 나뉘어 우주에
흩어졌다고 한다 모든 사람 모든 존재안
에는 선함을 행할 수 있는 神의 불
꽃이 담겨져 있다는 것이다 우주는
매순간 말을 준다.

남인

카발라(Kabbalah)
중세유대교의 신비주의, 히브리어로 "전래된 지혜와 믿음[≒전통]"

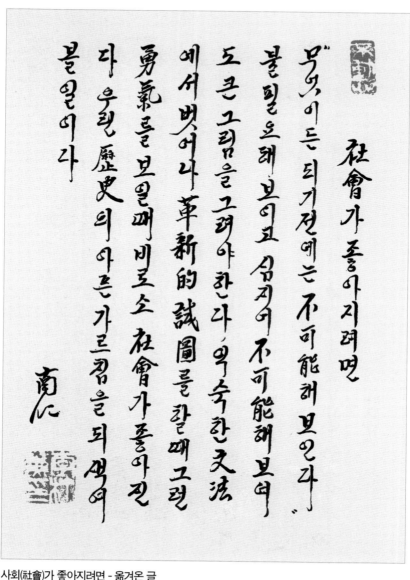

社會가 좋아지려면

무엇이든 되기전에는 不可能해 보인다.

불일오래 보이고 심지어 不可能해 보여

도 큰 그림을 그려야 한다. 익숙한 것法

에서 벗어나 革新的 試圖를 할때 그런

勇氣를 보일때 비로소 社會가 좋아진

다. 우린 歷史의 여른 가르침을 되색여

볼일이다.

南仁

사회(社會)가 좋아지려면 - 옮겨온 글

섭리 攝理 의 힘

인간 人間 이 합리적 合理的 이성 理性 으로
파악 把握 할 수 없는 질서 秩序 와 초자연
적 超自然的 존재 存在 의 작용으로 말하다
생 生 의 궁극 窮極 의 목적이신 神 과 합
일 合一 하겠으며 자아 自我 를 초월 超越 하
여 영원 永遠 한 생명 生命 을 얻는 것이라
행복 幸福 과 번영 繁榮 의 완성이 바로
영원한 생명이으 신 神 과의 합일 合一 이라
고 한다

남인

섭리(攝理)의 힘

人文的 土臺

自己 생각에 "無謬謬"를 主張할때가 가장

反科學的이 된다는 것을 歷史가 보여

주었다 斷定지지 말고 "모두의 智慧를

모아서 누가 옳은가가 아니라 무엇이

옳은가를 함께 찾아 나설때 自身의

所重한 經驗과 知識·相對 그것도께

대로 活用할 수 있다

南仁

인문적(人文的) 토대(土臺) - 옮겨온 글

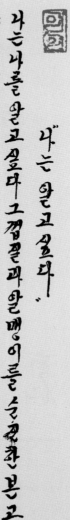

나는 알고 싶다.

나는 나를 알고 싶다 그 껍질과 알맹이를 속껍질 본고
짱을 알고 싶다 내가 존재해온 그 연둣줄 뿌리를 알고
싶다. 나는 이웃을 알고 싶다 나는 우주의 본 모습을
알고 싶다 시공간을 너머서 있는 그대로를, 나는 한
생명 그 떨어리 삶의 모습을 알고 싶다 나는 나의 영
혼이 우주로 떠나는 그 신비의 세계를 알고 싶다 삭각
저가는 생명의 모습을 느끼고 싶다 나는 하늘 나라
그 어디에 무엇으로 날아가고 있는가

남인

나는 알고 싶다 - 남인 리정훈 시인

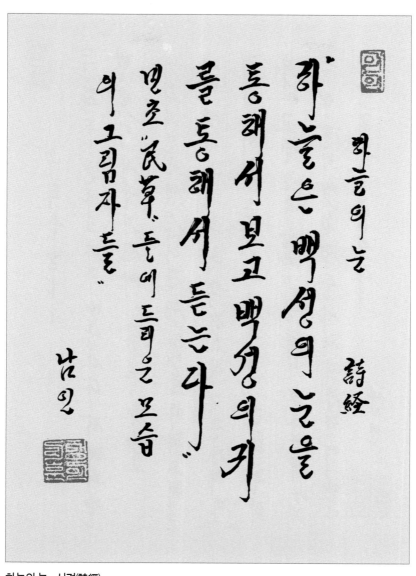

하늘의 눈 - 시경(詩經)

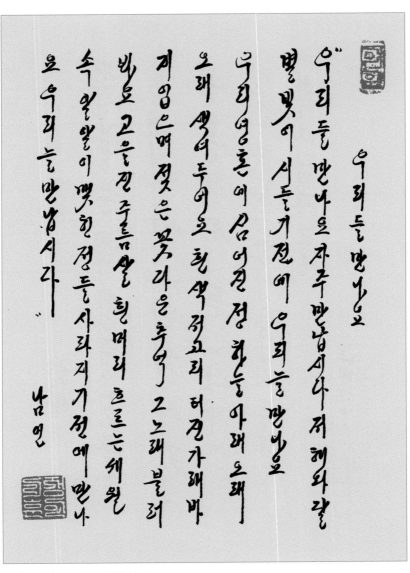

우리들 만나요 - 남인 리정훈 시인

"무이 "無二"   천수경.

낙엽이 허공인가 허공이 낙엽인가
인연이 화합하면 허공이 물질이고
인연이 떠나가면 낙엽이 허공이겼
창공을 나는 새가 하늘을 버렸구나
한 생각 벗어나면 만물이 신(神)인 것을,

남인

무이(無二) - 천수경(千手經)

丈夫歌　　安重根

丈夫處世兮 其志大矣 時造英
雄兮 英雄造時 雄視天下兮 何
日成業 東風漸寒兮 壯士義烈
憤慨一去兮 必成目的 鼠竊伊藤
兮 豈肯比命 豈度至此兮 事勢固
然 同胞同胞兮 速成大業 萬歲萬
歲 大韓獨立 萬歲萬歲 大韓同胞

南仁

장부가(丈夫歌) - 안중근(安重根) 죽기 전 쓴 시

장부처세혜 기지대의 시조영웅혜 영웅조시 / 응시천하혜 하일성업 동풍점한혜 장사의열
분개일거혜 필성목적 서절이등혜 개등비명 / 개도지차혜 사세고연 동포 동포혜 속성대업
만세만세 대한독립 만세만세대한동포.

장부가

안중근 남인

장부가 세상처하여 그 뜻이 크도다 때가 영웅
을 지음이여 영웅이 때를 지으리라 천하
를 응시함이여 어느날에 업을 이루고 동풍
점점차지며 자서의 뜻이 뜨겁도다 분개이
한번 가매 반드시 목적을 이루리라 쥐도
적이 등박물이여 어찌 목숨을 비길고어
찌 이럴줄을 시아렷으리오 사세가 고으되도
다 동포여 동포여 속히 대업 이루거지어다 만
세만세 대한 독립만세 대한동포여

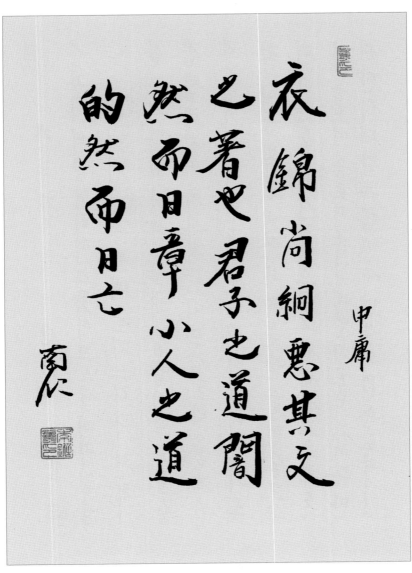

衣錦尙絅惡其文
之著也君子之道闇
然而日章小人之道
的然而日亡

申庸

중용(中庸)

의금상경오기문지저야 / 군자지도암연이일장 / 소인지도적연이일망
화려한 비단옷을 입었네. 그 위에 만사 덧옷을 드리웠네. 그 문체가 과도하게 드러난 것을 싫어한다.
군자의 도는 언뜻 보면 어두운 듯 하지만, 날이 갈수록 찬연하게 빛나며 소인의 도는 언뜻 보면 찬란한
듯하지만 날이 갈수록 그 빛이 사라진다.

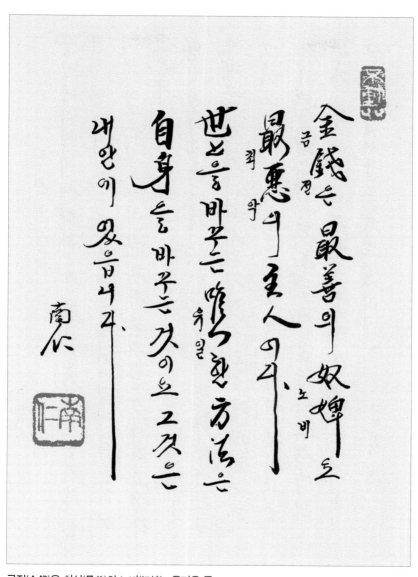

金錢은 最善의 奴婢도 最惡의 主人이라, 世上을 바꾸는 唯一한 方法은 自身을 바꾸는 것이오 그것은 내안에 있읍니다.

금전(金錢)은 최선(最善)의 노비(奴婢) - 옮겨온 글

"당신의 실체는"

당신은 어떻게 생각하는가 천당인가 물속인가 당신
안에 당신의 육체와 똑같은 마음의 심연에 영원히 꺼
지지않는 불변의 실체가 존재할 것이라고 생각
하는가 아니면 나의 물질적 즉 물질과 정신적 즉
면이 모이고 흩어짐을 반복하며 변화속에서
그때그때 생겨나고 사라진 것이라고 생각하는가
그것도 아니라면 물질로 육체가 천부이고 육
체가 죽으면 아무것도 남기지 않는다고 생각하
는가. 붓다는 세계관에 맞서 불변하는 자아의
실체는 없음을 갈파쳤다.

남인

당신의 실체는 - 옮겨온 글

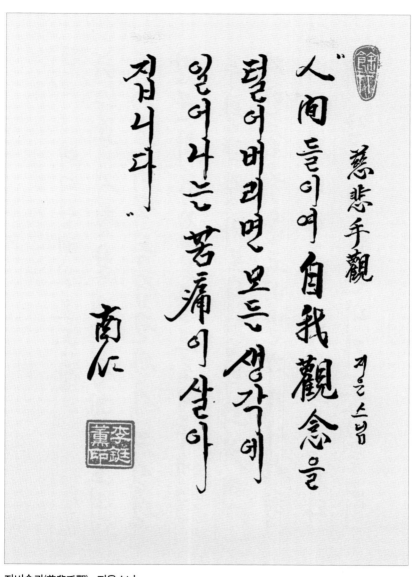

慈悲手觀

지운 스님

人間들이여 自我觀念을
털어버리면 모든 생각에
일어나는 苦痛이 살아
집니다

자비수관(慈悲手觀) - 지운스님

미황사(美黃寺) 주지스님, 미황사는 달마산 끝자락에 있는 절, '깨달음으로 가는 길' 저자.

네이탄 헤일로 동상

네이탄 헤일로의 동상

뉴우욕 시청 앞 네이탄 헤일로의

동상은 미국 독립전쟁시 워싱턴

장군 휘하 첩보장교로 영국에 침

투활략중 체포되 첩박희우했

지만 굴욕않고 비밀 지키니 사형

이확정되 마즈막 웃언을 남기과

해. 남긴말. 나는 내가 조국을 위

네이탄 헤일로 동상
미국 뉴욕에 세워진 동상

해 버릴 수 있는 목숨이 하나뿐임을 유감스럽게 여길 따름이오, 하고 사형장에서 사라졌음니다. 오늘날 미국에 있게 된 정신

남인

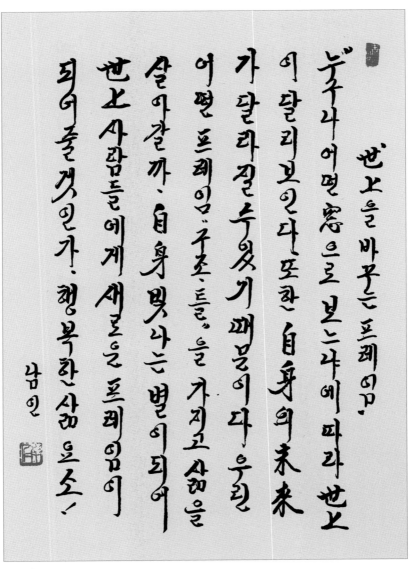

世上을 바꾸는 프레임,

누구나 어떤 密으로 보느냐에 따라 世上이 달리 보인다. 또한 自身의 未來가 달라질 수 있기 때문이다. 우리 어떤 프레임, 주초, 틀, 을 가지고 살아 갈까, 自身 빛나는 별이 되어 世上 사람들에게 새로운 프레임이 되어 줄 것인가. 행복한 사람 으소!

남인

세상을 바꾸는 프레임 - '프레센트 책' 중에서

全能하신 天主님과 兄弟들에게 告白하오

니 生각과 말과 行爲로 罪를 많이 지었

으며 자주 義務를 소홀히 하였나이다 제

탓이오 제 탓이오 저의 큰 탓이옵니다 그러

므로 懇切히 바라오니 平生 童貞이신 聖

母마리아와 모든 天使와 聖人과 兄弟들

은 저를 위하여 天主님께 빌어주소서

아멘。

南仁

고백(告白) 기도 - 카톨릭 기도문

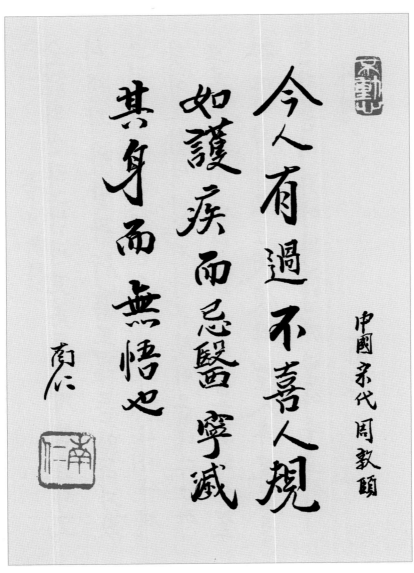

今人有過不喜人規

如護疾而忌醫 寧滅

其身而 無悟也

中國宋代 周敦頤

주돈이(周敦頤) - 광경신(廣敬身)에서

주돈이 (周敦頤, 1017-1073) 중국 송(宋)나라 때 철학자
금인유과 불희인규 여호질이기의 영멸 기신이 무오야
오늘날 사람들은 자기에게 잘못이 있어도 남들이 충고해 줌을 좋아하지 않는다. 마치 질병을 숨기고 의
사를 싫어해 몸이 죽게될 지라도 깨닫지 못 한 것 같다.

圍棋十訣

不得貪勝、入界宜緩、攻彼顧我、棄子爭先、捨小取大、逢危須棄、慎勿輕速、動須相應、彼強自保、勢孤取和

南仁

위기십결(圍棋十訣) - 옮겨온 글

부득탐승 입토이완 공피고아 기자쟁선 사소취대
봉위수기 신물경속 동수상응 피강자보 세고취화

自然은 우리의 스승,

"自然에서 智慧를 배움이나 땅으로부터새 生命을 空氣로부터 녀그러움과 超然함을, 물로부터 純化와 包容力을 불로부터 惡을 태워없애는 바다를 통해서 不爭心을 비둘기를 통해 平和를 나방을 통해 誘惑의 두려움을 뱀을 통해 所有의 덧없음을 물고기를 통해 순간의 달콤함에 破滅을 거미에게서 神의 攝理를 거북이를 통

자연(自然)은 우리의 스승 - 옮겨온 글

해서 沈黙을 山으로부터 莊嚴함을 깨끼를

통해서 勤勉함을 기러기를 통해 秩序를

비단뱀으로부터 自足을 바람으로부터 自由

로움을 연어로부터 鄕愁를 소나무를

통해 굳은 節槪를 구름으로부터 世月

을 민들레로부터 낯은 姿勢와 犧牲을

끼면서 智慧를 배웁니다 ─

南仁

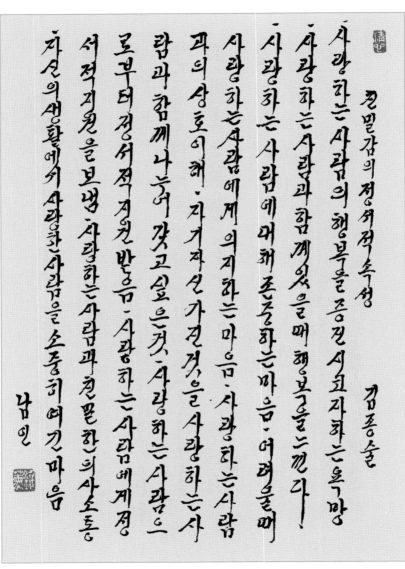

친밀감(親密感)의 정신적 속성 - 김종술
서울대 의대 명예교수, '사랑의 의미' 책 저술

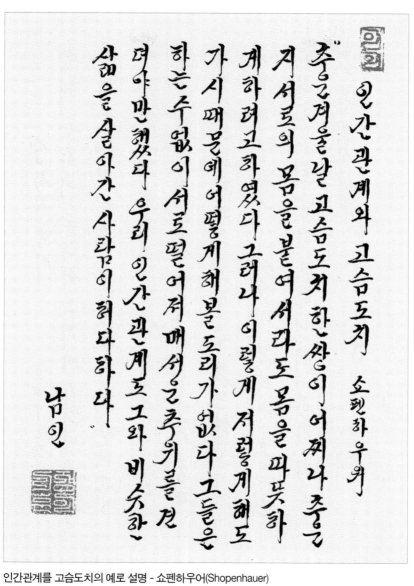

추운 겨울날 고슴도치 한 쌍이 어쩌다 중간
서로의 몸을 붙여서라도 몸을 따뜻하
게 하려고 하였다 그러나 이렇게 저렇게 해도
가시 때문에 어떻게 해볼 도리가 없었다 그들은
하는 수없이 서로 떨어져 매서운 추위를 견
뎌야만 했다 우리 인간관계도 그와 비슷한
삶을 살아간 사람이려다 하다

남인

인간관계를 고슴도치의 예로 설명 - 쇼펜하우어(Shopenhauer)

Arthur Schopenhauer(1788-1860) 독일 철학자, 염세주의자

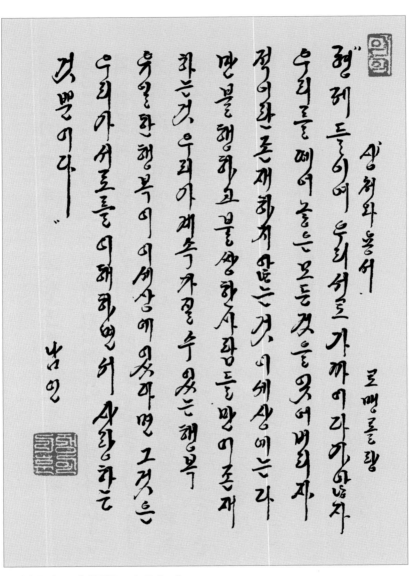

상처와 용서

로맹 롤랑

"형제들이여 우리 서로 가까이 가야 않자
우리를 떼어 놓는 모든 것을 없어 버리자
적어와 존재하지 않는 것, 이 세상에는 라
만 불행하고 불쌍하자 되는 말이 존재
하는 것, 우리가 계속 가질 수 있는 행복
우일과 행복이 이 세상에 있다라면 그것은
우리가 서로를 이해하면서 사랑하는
것 뿐이다 ―

남인

상처와 용서 - 로맹 롤랑(Romain Rolland)

Romain Rolland(1866-1944) 프랑스 문학가, 소설가, 노벨 문화상 받음(1915)

다섯가지 마음(五心)

신심, 대심, 동심, 겸심, 칭심

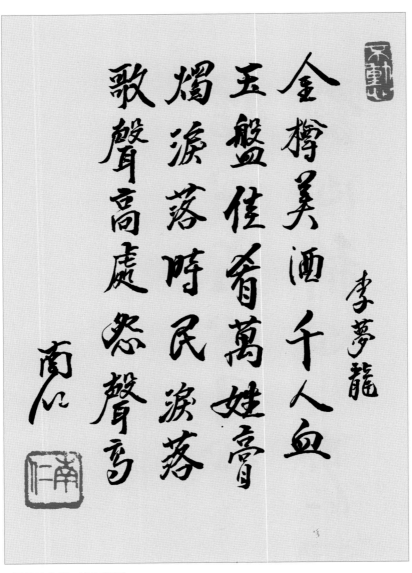

이몽룡(李夢龍) - 실존인물(?)

금준미주 천인혈 / 옥반가효 만성고
촉루락시 민루락 / 가성고처 원성고
금잔의 좋은 술은 만백성의 피요, 옥쟁반의 좋은 음식은 만백성의 눈물이다.
촛불에 떨어진 눈물은 만백성의 눈물이요, 노래소리 드높음은 만백성의 원성의 소리로다.

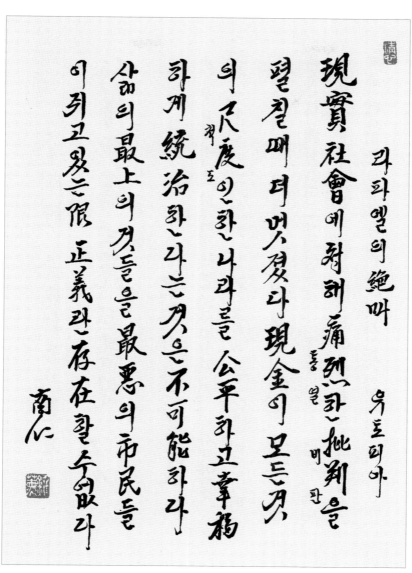

현실사회(現實社會)에 대해 통렬(痛烈)한 비판(批判)을 했을 때부터 멋졌다. 현금(現金)의 모든 것의 척도(尺度)인 한 나라를 공평(公平)하고 행복(幸福)하게 통치(統治)하라는 것은 불가능(不可能)하다. 삶의 최상(最上)의 것들을 최악(最惡)의 시민(市民)들이 쥐고 있는 한 정의(正義)가 존재(存在)할 수 없다.

라파엘의 절규(絶叫) 유토피아

라파엘의 절규(絶叫) - 유토피아(Utopia)

원제는 토마스모어(Thomas More, 1478-1535)가 그리스어로 '없다'는 의미의 'ou'와 '장소'를 뜻하는 'toppos'라는 두 말을 결합하여 만든 용어.
'라파엘(Raphael)'은 유대교와 기독교, 이슬람교에서 모두 존재한다는 대천사

金剛經　金剛般若波羅蜜.

阿耨多羅　三藐三菩提　南仁

아뇩다라　삼먁삼보리

「아뇩다라」는 무상·無上·이라는 뜻으로 이 이상에는 더없다는 말입니다. 「삼먁」이라 함은 거짓이 아닌것 올바른 것을 말하며, 「삼보리」라 함은 지혜가 모여있다는 뜻으로 널리 안다 깨친다는 뜻입니다. 중국 말로 편지·偏知, 등각·等覺·으로 번역 됩니다. 우리 말로 풀어 보면 이 위에 더없는 진실을 깨침이라는 뜻입니다.

금강경(金剛經) - 금강반야바라밀(金剛般若波羅蜜)

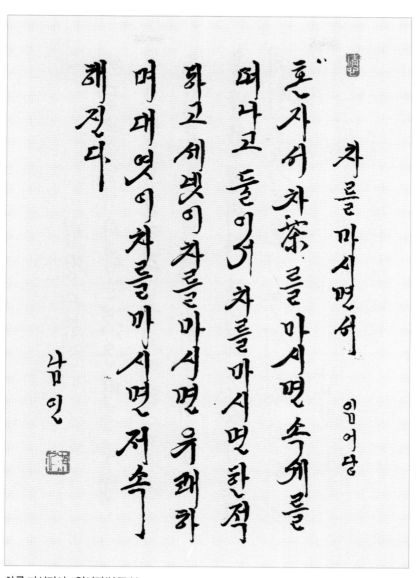

차를 마시면서

혼자서 차(茶)를 마시면 속계를 떠나고 둘이서 차를 마시면 한적하고 셋이 차를 마시면 유쾌하며 대여섯이 차를 마시면 저속해진다

임어당

남인

차를 마시면서 - 임어당(林語堂)

임어당(Lin Yutang 1895-1976) 린위탕은 중국의 소설가, 문명비평가

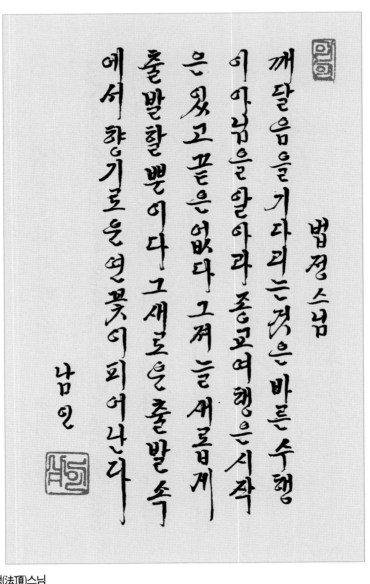

법정 스님

깨달음을 기다리는 것은 바른 수행
이 아님을 알아라 종교 여행은 시작
은 있고 끝은 없다 그쳐 늘 새롭게
출발할 뿐이다 그 새로운 출발 속
에서 향기로운 연꽃이 피어난다

남인

법정(法頂)스님

법정(法頂) 스님(1932-2010) 한국의 승려, 수필작가, 속명 박재철

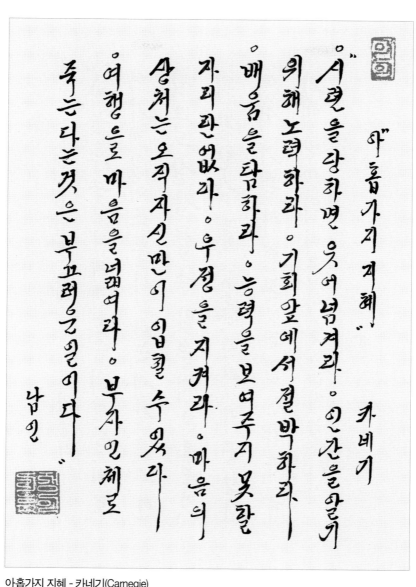

"아홉가지 지혜" 카네기

"시련을 당하면 웃어넘겨라. 인간을 알기 위해 노력하라. 기회앞에서 절박하라. 배움을 닦고하라. 능력을 보여주지 못할 자리판에없라. 우정을 지켜라. 마음의 상처는 오직 자신만이 입힐 수 있다. 여행으로 마음을 넓혀라. 부자인 체로 죽는다는 것은 부끄러운일이다."

남인

아홉가지 지혜 - 카네기(Carnegie)
Andrew Carnegie(1835-1919) 미국의 기업인

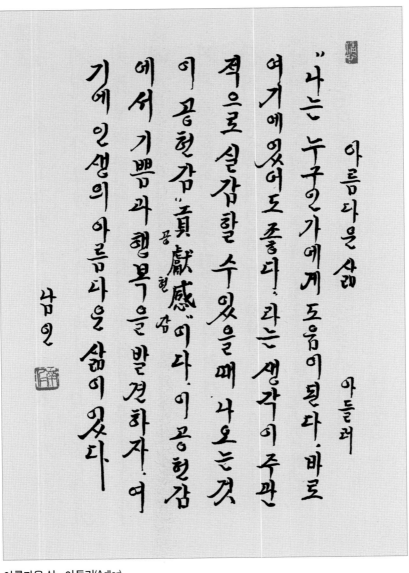

아름다운 삶   아들러

"나는 누구인가에게 도움이 된다. 바로 여기에 있어도 좋다." 라는 생각이 주관적으로 실감할 수 있을 때 나오는 것이 공헌감 "貢獻感"이다. 이 공헌감 공헌감에서 기쁨과 행복을 발견하자. 여기에 인생의 아름다운 삶이 있다.

낙인

아름다운 삶 - 아들러(Adler)
Alfred Adler(1870-1937) 오스트리아의 정신의학자이자 심리학자, 개인심리학, '열등감' 용어 처음 사용

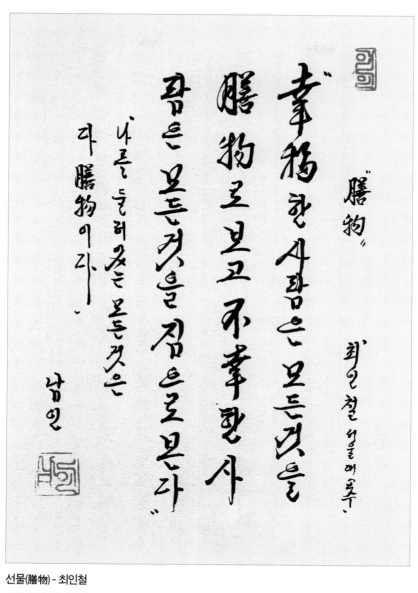

"膳物"

최인철 선생에게 주
幸福한 사람은 모든것을
膳物로 보고 不幸한 사
람은 모든것을 짐으로 본다.
나를 둘러싼 모든것은
다 膳物이라.

남인

선물(膳物) - 최인철
서울대 심리학과 교수

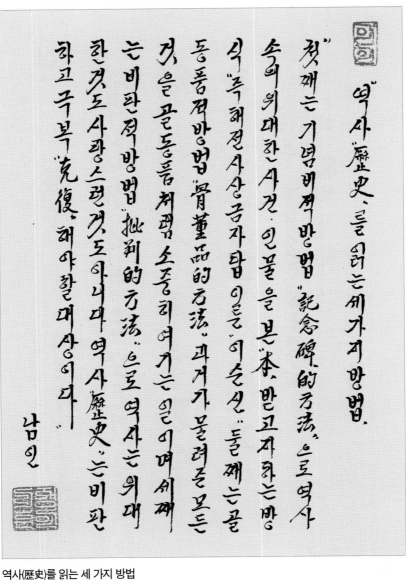

"역사(歷史)를 읽는 세 가지 방법.

첫째는 기념비적방법 "記念碑的方法" 으로 역사속의 위대한 사건·인물을 본·本 받고자하는 방식 "즉 혜전사상 금자탑 이른·이순신 "둘째는 골동품적방법 "骨董品的方法" 과거가 물려준 모든 것을 곧 골동품처럼 소중히여기는 일이며 셋째는 비판적방법 "批判的方法" 으로 역사는 위대한 것도 사랑스런 것도아니다 역사(歷史)는 비판하고 극복 "克復" 해야할 대상이다."

남인

역사(歷史)를 읽는 세 가지 방법
어느 신문 칼럼에서 옮겨온 글

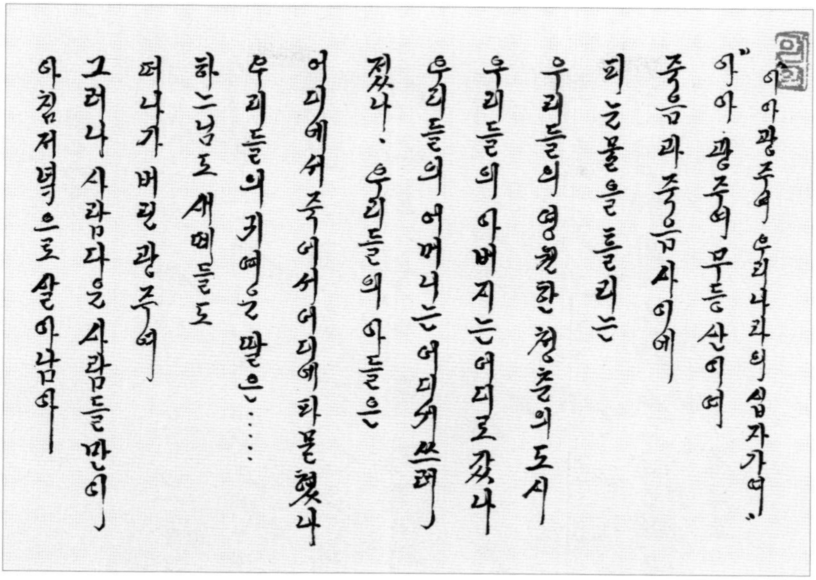

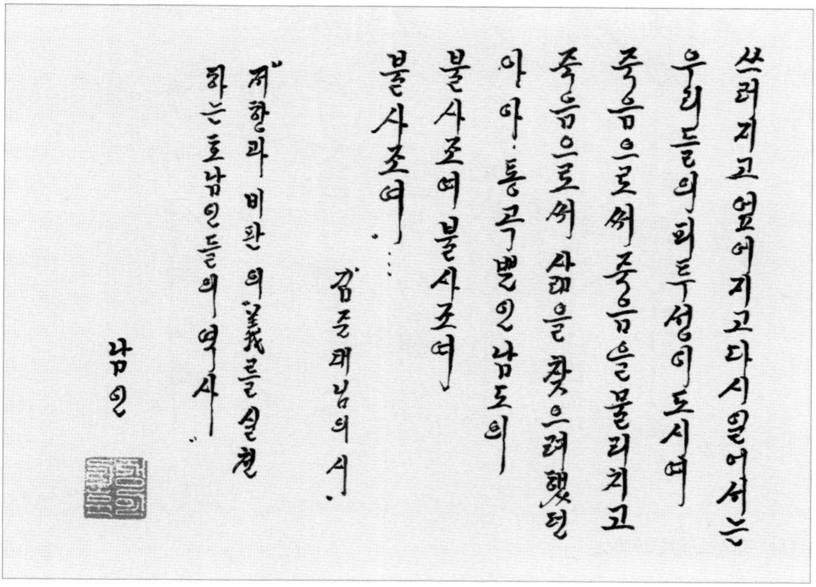

아 아 광주여 우리나라의 십자가여 - 김준태

시인, '호남의 한' 책 중에서(양정석 著)

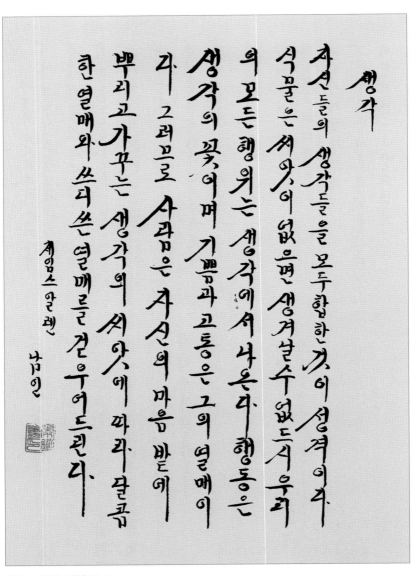

생각

차선들의 생각들을 모두합한 것이 성격이다. 식물은 씨앗이 없으면 생겨날수 없듯이 우리의 모든 행위는 생각에서 나온다. 행동은 생각의 꽃이며 기쁨과 고통은 그의 열매이다. 그러므로 사람은 자신의 마음 밭에 뿌리고 가꾸는 생각의 씨앗에 따라 달콤한 열매와 쓰디쓴 열매를 걷우어드린다.

제임스 알렌 씀인

생각 - 제임스 알렌(Allen)

James Allen(1864-1912) 영국 출생, 미국으로 이주, 20세기 신비의 작가

언어생활

언제나 편견이 없이 말하도록 하세요 사실은 말을 적게 하고
기도를 많이 하는 것이 좋습니다 사람의 약점이 아닌 좋은
점에 촛점을 맞추어 말하는 습관을 기르세요 늘 비판 하기
보다는 칭찬하는 말을 하십시오 항상 격려의 말을 쫘고
친절하고 우쾌한 기분으로 말해 보십시오 지나친 농담이나
상스런 말을 피하고 특별히 남을 헐뜯는 말을 하지말아
야 합니다 과장하지 말고 진실하게 말 하세요 결코 공석에
서 사람을 책망하는 것은 좋은 것이 못됩니다
책망은 개인적으로 칭찬은 공개적으로 하십시오 누가 죄인
저들을 이야기 하더라도 내가 그사람의 죄악을 보기 전에는
결코 믿지 말고 말하지 마십시오 혹 보았다고 할지라도 용서
하는 말만 하십시오 그러면 사람의 덕입니다

남언 리정훈

언어생활 - 옮겨온 글

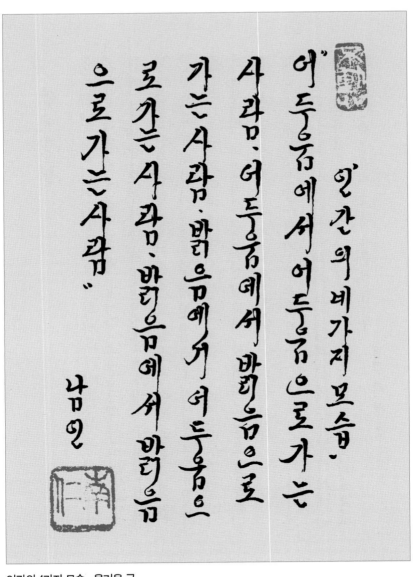

"인간의 네가지 모습.

어두움에서 어두움으로 가는
사람, 어두움에서 밝음으로
가는 사람, 밝음에서 어두움으
로 가는 사람, 밝음에서 밝음
으로 가는 사람."

남인

인간의 4가지 모습 - 옮겨온 글

아버지、

참 은 빛으로 주름 살 접으시며
태양 빛으로 자라 했어요
아버지、 인자함 묵묵함은 흑 꿈주
되우 마음속 깊이 고이 접어 있어요
엄하신 사랑의 불꽃이
저의 생의 노를 젓게 하시고
참 꿈을 주시었고 살아가는 길을
밝혀 주셨어요
아버지、 새벽이 흐르는 뒤에야
속이 좀 드는지. 그 꿈은 부름을
긴 솔라게 끄께 봅니다
아버지、 다시또 보고픈 아버지
톤불 태워 불 불러 봅니다
사랑 합니다
아버지、

남인

어머님

사랑하는 어머님
톤불 태워 불러 봅니다
내 가슴속 어린 사랑
영혼속 한없는 그리움으로 깨워진
생명의 고향이어라
그 생명선 빼며 묻은 얼굴
온갖 시름 잠재우시던
내 살던 고향이어라
한 생명 꿈 불러 주시고
새 인생 길 열어 주시던
내 그리던 고향이어라
이 몸 산산이 조각나고
내 영원한 고향이어라
숨결이 멈춰도
어머님
사랑합니다

남인

위) 아버지 - 남인 리정훈 시인 / 아래) 어머니 - 남인 리정훈 시인

"나라가 지켜야 할 네 개의 밧줄"

古典의 나라가 지켜야 할 네 개의 밧줄이 있다 그 밧줄 하나가 끊어지면 나라가 기울고 두 개가 끊어지면 나라가 위태로워지고 세 개가 끊어지면 혼란에 빠지고 네개가 끊어지면 나라가 멸망한다 나라가 기울면 바로잡을 수 있고 위태로우면 안정시킬 수 있으며 뒤집어지고 혼란은 일으켜 세워 평정을 할 수 있으나 나라가 멸

나라가 지켜야 할 네 가지 밧줄 - 관중(管仲)

관중(管仲, ?-BC.645) 춘추전국시대 제(齊)나라 재상, 정치가
관중이 지은 책 '목민편(牧民篇)'에 나온 글

망한 것은 다시 일으켜 세울 수가 없다

이 비가지 밧줄이 예(禮)의 義(義), 염 廉과

치(恥), 이다. "예(禮)는 마땅히 지켜야 할 도리 道

理를 넘지 않는 것이오 "의(義)"는 분별 分別

없이 나서지 않음으로 법도로 正道로 가는

일 "염(廉)"은 잘못을 숨기지 않는 것이며 치

는 부끄러움을 알고 그릇된 것을 따르지

않는 것이다. "고기를 잡는데는 그물의 벼릿대

를 움직여 체기능을 수행하려면 그물코

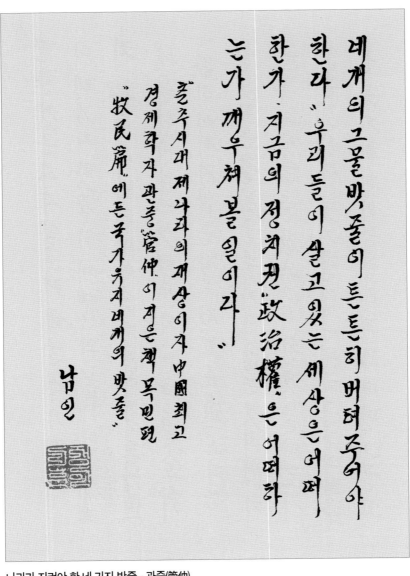

네게의 그물 밧줄이 튼튼히 버텨주어야
한다. "우리들이 살고 있는 세상은 어찌
한가. 지금의 정치刑·政治權,은 어떠하
는가 깨우쳐 볼 일이라.'

춘추시대 제나라의 재상이자 中國최고
경제확자 관중(管仲)이 지은 책 목민편
"牧民扁"에 든 국가 우지 네게의 밧줄.'

남인

나라가 지켜야 할 네 가지 밧줄 - 관중(管仲)

관중(管仲, ?-BC.645) 춘추전국시대 제(齊)나라 재상, 정치가
관중이 지은 책 '목민편(牧民篇)'에 나온 글

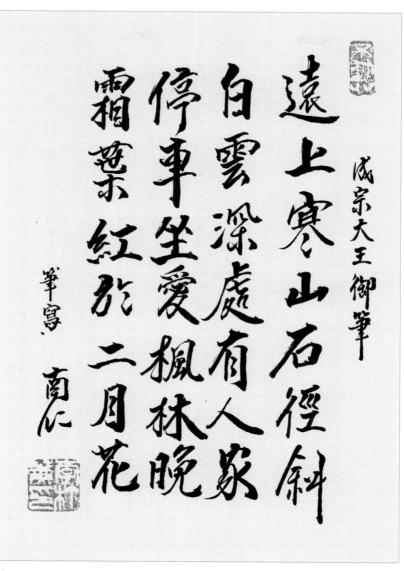

성종(成宗)대왕 어필(御筆)

조선왕조 제9대 임금, 본 이름 이혈(李娎)
원상한산 석경사 백운심처 유인가 / 정거좌애 풍림만 상엽홍어 이월하
멀리 가을산을 오르니 돌길이 비껴있고, 흰구름 깊은곳에 인가가 있구나. 수레멎고 앉아서 석양의 단풍 감상하니, 서리맞은 단풍잎에 추이월 꽃보다 더 붉구나.

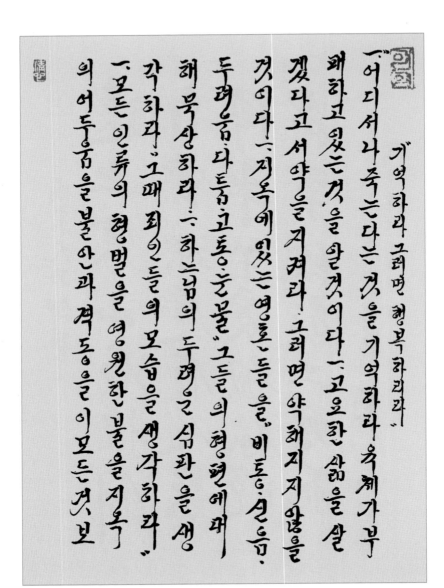

기억하라 그러면 행복하리라 - 에바그리우스(Evagrius)

Evagrius Ponticus(346-399) 이집트 출신, 그리스도교 신비주의자, 저술자, '깨달음' 책 중에서 다스리 울며 이를 가는 사람들의 모습을 그려 보아라. 의로움으로 높이 들린 선한 사람들의 모습을 생각하라. 하느님과 그리스도와 천사와 천사장 앞에서 모든 은사와 기쁨과 평화를 누리는 사람들 앞에서 확신을 갖는 모든 선한 사람들의 모습을 그려 보아라. 섭판을 면치 못한 죄인들 위해 슬퍼하며 애도하라. 그들이 겪에 될 슬픔과 비탄을 경종하라. 구원의 삶을 향유하겠다고 멸망

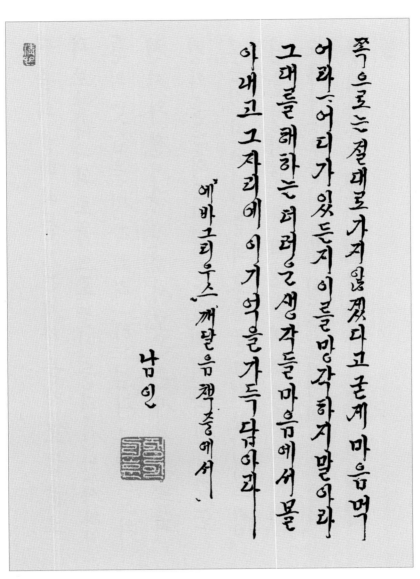

쪽으로는 절대로 가지 않겠다고 굳게 마음 먹
어라. 어디가 있든지 이를 망각하지 말아라.
그대를 쾌하는 떠러운 생각들 마음에서 불
아래고 그 자리에 이 기억을 가득 담아라 ―

에바그리우스 「깨달음 책」 중에서

남인

기억하라 그러면 행복 하라라 - 에바그리우스(Evagrius)

Evagrius Ponticus(346-399) 이집트 출신, 그리스도교 신비주의자, 저술자, '깨달음' 책 중에서

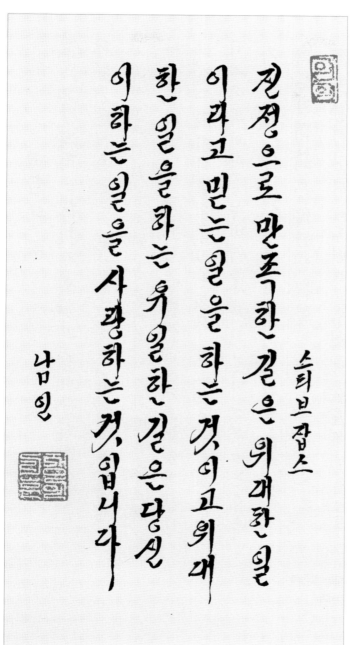

진정으로 만족한 길은 위대한 일
이라고 믿는 일을 하는 것이고 위대
한 일을 하는 유일한 길은 당신
이 하는 일을 사랑하는 것, 입니다

스티브 잡스

남인

만족한 길
- 스티브 잡스(Jobs)

Steven Paul Jobs
(1955-2011)
미국 기업인
애플사의 창업자

湖南의 恨

歷史고장 湖南은 抵抗과 忠節의 땅이다. 湖南人들은 社會矛盾에 온몸으로 抵抗했고 時代精神을 善導했고 무엇보다 나라를 위해 목숨까지 바쳐 왔다. 그러나 民族의 젖줄 湖南땅은 逆說的이게도 詛呪의 땅이 되었고 限이 서리고 한이 되었다. 進取的인 氣象으로 아시아의 바다를 누비며 東洋의 로마를 꿈꾸는 百濟가 거친 大陸을 號令하던 高句麗와 함께 外勢와 野合한 開銷主義的인 新羅에 滅亡當한 것은 民族悲極이였다. 이로因한 集團自廢症에 걸린 그후손들이 名없이 빌린 湖南에 대한 不當과 詛呪와

호남(湖南)의 한(恨) - 양정석

전북 익산 출생, 역사가

逼迫은 湖南人들에게 抵抗精神을 심어주었고 그 抵抗

精神은 大國的인 義로 昇化되어 湖南을 忠義의

땅 歷史의 고장으로 만들어섰다 不當하게 詛呪에 湖

南人들은 限이 맺혔고 그 限을 삼키며 抵抗하고

義를 實踐하고 굿굿이 나아가고 있것이다

"湖南에 리라、意導的인 着別과

逼迫은 政治的 産物이다、、

南人

八卦의 意味　　周易

周易은 四書三經中가장 으뜸가는 册으로 六四卦다

重要하지만 마음여덟째의 卦를 바탕으로 周

易의 意味를 새롭게 이끌어 낼수 있다고 判斷

함니다. 乾卦는 나그네여행 길에 얻는 世上을

바라보는 眞情과 배움이음師卦는 指道者가

人心을 얻으며 헤쳐나가며. 解卦는

힘들고 괴로운 일 克復할 勇氣요. 離卦는

는 불 火. 상징 밝음이요 指道者의 正道의

政治요. 履卦는 하늘의 攝理를 기쁨으로 實

팔괘(八卦)의 의미(意味) - 주역(周易)

践컨대며。 o隨卦는 윗사람의 뜻을 재례로 上下의

造化로 世上을 益卦는 윗것을 아래에 보내

面 보낼수을기라 七。이 頤卦는 有形 無形의 生

命體를 갈러내는 天地를 存在하게하는

崇高하~目的을 지니는 意味를 주고 있다

東西洋 古典 읽기

南仁

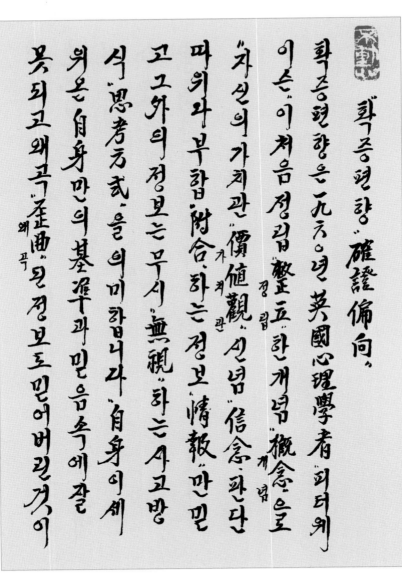

확증편향「確證偏向」

확증편향은 一九六〇년 英國心理學者 피터 위
이슨이 처음 정립 發表「五」한 개념「槪念」으로
"자신의 가치관「價値觀」신념「信念」과 단
따위와 부합「附合」하는 정보「情報」만 믿
고 그외의 정보는 무시「無視」하는 사고방
식「思考方式」을 의미한다. 自身이 세
워온 自身만의 基準과 믿음속에 잘
못되고 왜곡「歪曲」된 정보도 믿어버릴 것이

확증(確證) 편향(偏向) - 최권일

심리학 용어(Confirmation bias), 광주일보 정치부장

문제 "問題", 인 것이다 믿음은 믿는 마음이

인데 神을 믿든 마 믿음 어느종교를 믿든

어느정당을 믿든 個人의 自由라 하지

만 확증편향 "確證偏向" 을 통해 만들

어진 믿음은 사회 "社會를 위험 "危險"

하게 만든다

南仁

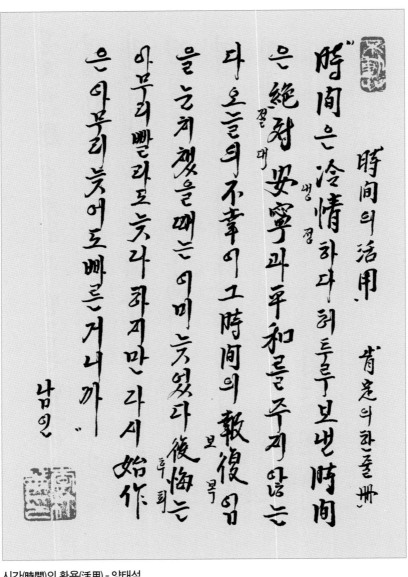

시간(時間)의 활용(活用) - 양태석

'긍정의 한 줄' 책 중에서

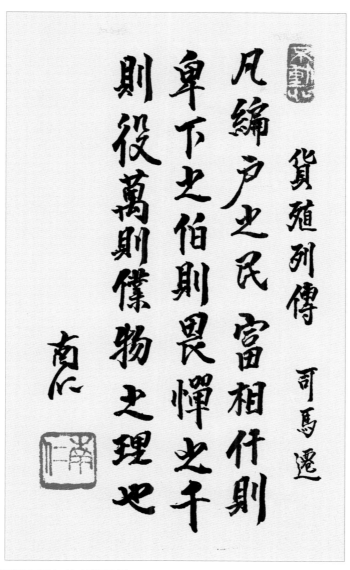

화식열전(貨殖列傳) - 사마천(司馬遷)

범편호지민 부상십칙비하지 : 대부분 서민들은 상대방의 부가 자기 것의 10배가 되면 그에게 욕을 하게 되고
백칙외탄지천측역만측복 : 백배가 되면 그를 두려워하고, 천배가 되면 그 밑에서 일을 하게 되고, 만배가
되면 그의 노예가 되는데
물지이야 : 이것이 만물의 이치다.

자 유 로 은 삶
시인 리정훈

가아만 노동자 속
비추어 오는것 을
마음속에 출렁거린다.

생명의 빛으로와
나를 둘러싼 인간의떼
그 속에 내가 살아간다.

어느날
인간 회사들에 던져진 몸
가지 장미 빛 포장된 세따
마디 마디 재단해버리는
말로 신경.

자계 틀속에 잃어버린 영론을
나를 찾는다
외친다
울어 겹는다
자유로은 삶을 부른다.

자유로운 삶 - 남인 리정훈 시인

竹의 오절 五節

1. 竿葉常綠象仁 간엽상록상인
2. 直而不彎象義 직이불만상의
3. 節內虛心象禮 절내허심상예
4. 剛柔兼備象智 강유겸비상지
5. 節理一貫象信 절리일관상신

1. 줄기와 잎이 같이 푸른것은 인(仁)의 상징
2. 땅 어디서나 바른 자세로 의(義)의 상징
3. 속을 비운 것은 뒤심이라 예(禮)의 상징
4. 강함과 부드러움 같이 지님은 지(智)의 상징
5. 올곧은 나무의 결은 조져일관 신(信)의 상징

南仁

죽(竹)의 오절(五節) - 대나무의 다섯 가지 절개

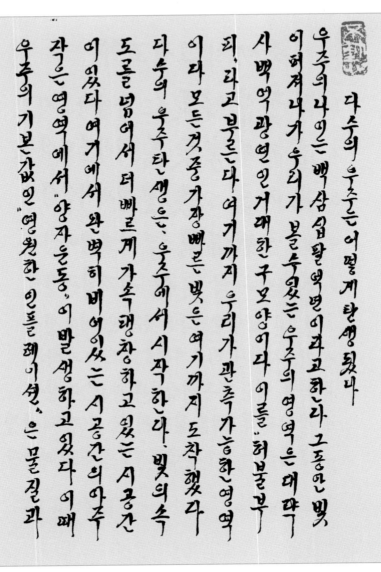

다수의 우주는 어떻게 탄생 했는가

'지적 대화를 위한 넓고 얕은 지식' 책 중에서, 채사장 저자

반 물질의 쌍 임자 소멸되 흔적을 어긋나게 되고

꿀질을 탄생시킨다. "인플 레이션"은 멈추지 않

고 이 물질과 공간을 계속 팽창시킨다 여기에~

서 제2 제3 제4의 우주가 탄생한다 예를 들면

끊는 물에서 생성되는 물방울처럼. 이 물방울

은 십일차원의 초공간으로 서술되는 열반의 세계

에서 지금도 끊임없이 생성원의 사방을 프로키하

고 있다. 우리는 우주의 탄생과정을 듕 무한이 탄

생한 우주중 하나에 살고 있다

남인

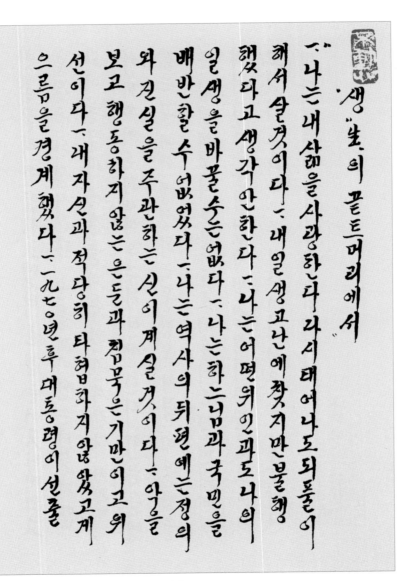

"생(生)"의 끄트머리에서

"나는 내 삶을 사랑한다. 다시 태어나도 되풀이 해서 살 것이다. 내일 생고난에 찾지만 불행했다고 생각 안한다. 나는 어떤 위인과도 나의 일생을 바꿀수는 없다. 나는 하느님과 국민을 배반할 수 없었다. 나는 역사의 뒤편에는 정의와 진실을 주관하는 신이 계실 것이다. 악을 보고 행동하지 않는 으든과 침묵은 기만이고 위선이다. 내 자신과 적당히 타협하지 않았고 게으름을 경계했다. 1970년후 대통령이 선출

생(生)의 끄트머리에서 - '김대중 어록' 중에서

김대중(金大中, 1924-2009) 대한민국 제15대 대통령, 전남 신안 하의도 출생, 노벨평화상 수상(2000)

되기까지 二十七번이 결렸으며 연금이 五十五번六천

감옥살이五번 죽음을고비 十번의 망명생활

을격었으며、민족과 조국에 나를 바칠 그날

을 기다렸다、나때문에 고통받고 다치거나죽

은 사람 눈물을 닦아주지못해 진정으로용

서를 구하고싶다、세상을 바꾸는 대통령이되

고싶었다、평화롭고 정의로운 세상을위한

길을 열고싶었다、백성들이 주인인세상

에서 모두평화롭기를 빈다 ……

남인

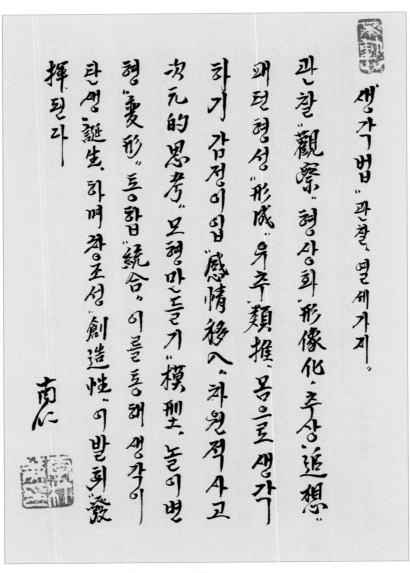

생각법 괄찰 열 세 가지 - 로버트 루트 번스타인

Robert Root-Bernstein, 미국 미시간주립대 생리학 교수, '생각의 탄생' 저자
'생각의 탄생' 책에서 일부 옮김

명심보감(明心寶鑑) 언어편(言語篇)

이인지언 난여면서 상인지여 이여형극 일언반구
중식천금 일어상인 통여도할

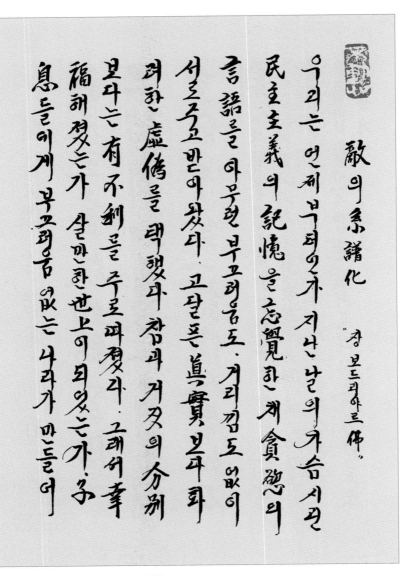

敵의 系譜化　　"장 보드리야르 佛"

우리는 언제 부터인가 지난 날의 가슴 시린 民主主義의 記憶을 忘覺하고 貪慾의 言語를 아무런 부끄러움도 거리낌도 없이 서로 주고 받아 왔다. 고달픈 眞實 보다 화려한 虛僞를 택했다. 참과 거짓의 分別 보다는 有不利를 주로 따졌다. 그래서 幸福해졌는가. 살만한 世上이 되었는가. 子息들에게 부끄러움 없는 나라가 되려 我們.

적(敵)의 계보화(系譜化) - 장 보드리야르

Jean Baudrillard(1929-2007) 프랑스 철학자, 사회학자, 미디어 이론가

젖는가 · 당신의 敢은 지금 어느단계에 있

는가 · 늑대인가 · 죄인가 · 기생충인가

바이러스인가 · 敢과 同志가 되는가 · 敢

이나인지 · 내가 敢인지 헷갈린가 · 敢의

낯선 他者性이 사라지고 어느덧 내안에

內在化되다 나도體를 顚覆시킨다

非正常이 日常化되어 正常性으로 듣잡

킇가 現實을 바로 보자 ·

南仁

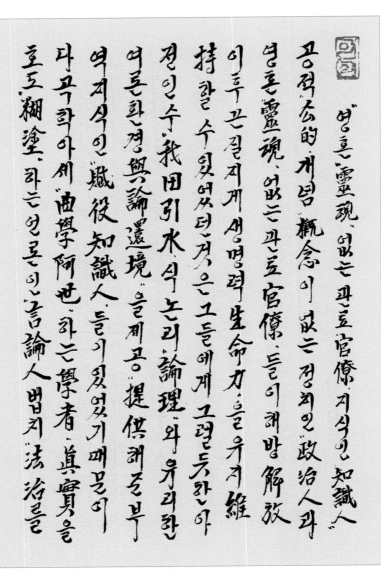

영혼(靈魂) 없는 관료(官僚) 지식인(知識人)

우롱·愚弄·하는 법률가·法律家·들이 대표

적·代表的·인 부류·지식인·賦役 知識人·들이

다 그들은 희생시켜 권력자·權力者·에게 기생 寄

生·하며 출세·出世·를 위해 말랑한 지식·知識

을 팔고 거짓을 真實로 포장·包藏·하고 불의

不義·를 정의·正義·로 뒤바꾼다 그들은 우

리 사회·社會·를 몽매·蒙昧·한 상태·狀態·에

며 불게 하고 때로는 광장·廣場·에 광기·狂氣·를

방조·傍助·하고 부추긴다 그들은 그대가 代價

로 출세·出世·와 부·富·를 챙기지만 우리 사회 社

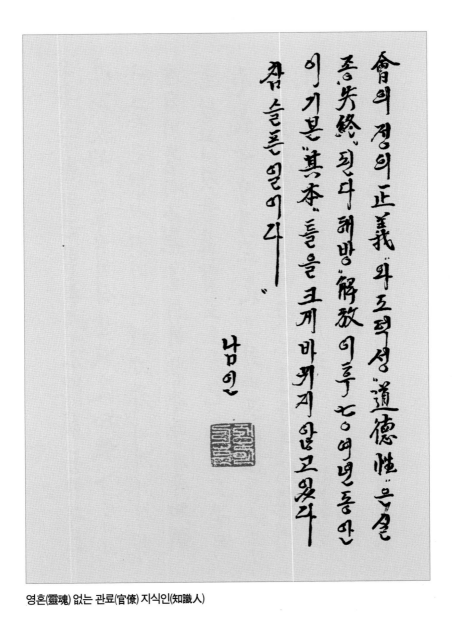

會의 정의 正義 와 도덕성 道德性 은 올
쫌 失終, 되다 해방 解放 이후 七〇 여년 동안
이기분 "其本" 들을 크게 바뀌지 않고 있다
잠 슬픈 일이다 ‧

남인

영혼(靈魂) 없는 관료(官僚) 지식인(知識人)

부처"釋尊"의 네 가지 덕 德.

"상常"은 무한한 사랑 떳떳한 보람으로

가득함 "보신 報身"을 의미하며 "락 樂"

은 무한한 평화와 희로 가득하므로 "아

我"는 무궁하 절대로 "眞我"의 태자유 "大

自由화신 化身"을 의미하며 "정 淨"은

무한한 행복으로 "청정 淸淨 법신 法

身"을 뜻합니다.

南仁

부처(釋尊)의 네 가지 덕(德) - 석가모니

" 소나무'
소나무야 소나무야
늘 푸른 소나무야

너의 뿌리는 이 산하의 터전
너의 품은 영겁의 사직

자유로을 가지는
생명의 핏줄

솔잎로 바늘은 정의의 칼날
솔방울 꽃 열매는 민족의
혼!

동한 설동 모질어도
청청 기게 꺽이 않는
사시사철 푸르르는 너

혼과 맥 품은 절개

억겁을 이을
내 조국이어라
소나무야 소나무야
늘 푸른 소나무야

남인

소나무 - 남인 리정훈 시인

오한 묵시록 이십일장 삼절、

"이제 하느님의 집은 사람들이 사는 곳에

곳에 있다 하느님은 사람들과 함께 계시

고 사람들은 하느님의 백성이 될 것이

다 하느님께서는 친히 그들과 함께 계시

고 그들의 하느님이 되셔서 그들의 눈에

서 모든 눈물을 씻어 주실 것이다、"

남인

요한 묵시록 21장 3절 - 성경(Bible, 신약)

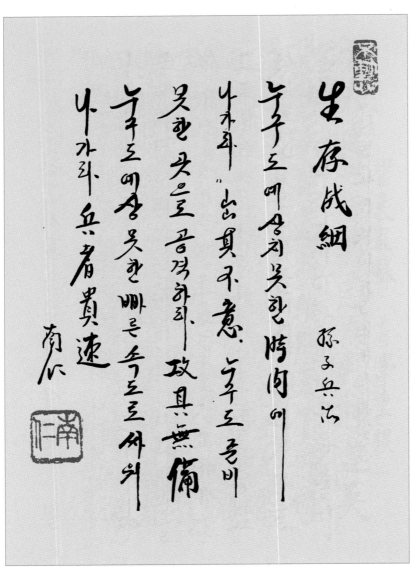

生存(生存) 전략(戰略) - 손자병법(孫子兵法)

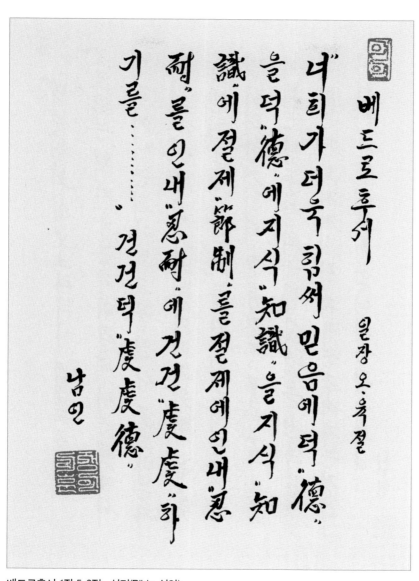

베드로후서

일장 오·육절

"너희가 더욱 힘써 믿음에 덕"德"을 덕"德"에 지식"知識"을 지식"知
識"에 절제"節制"를 절제에 인내"忍
耐"를 인내"忍耐"에 경건"虔"하
기를 …… 경건"虔 德"

베드로후서 1장 5-6절 - 성경(Bible, 신약)

민중정치 데모크라티아, 에필로그 중에서,

"쫄르바는 왜 자유는 피비린네나는 곳에서 만되어나는거야하고 물었다. 쫄르바는 자유란 그것을 얻기위해 지키기위해 꼭 숨을 반쳐 투쟁하는 자들만 해야되는 것을 말하려한것이다 인류가 꿈꾸고 누리고싶어하는 민중정치는 자유, 평등, 정의를 구현하는 정치체제이다 자유는 주어지는것이 아니라 투쟁에의해 얻어지는것이다

남인

민중정치(데모크라티아, demokratia)
어느 에필로그(epilogue) 중에서

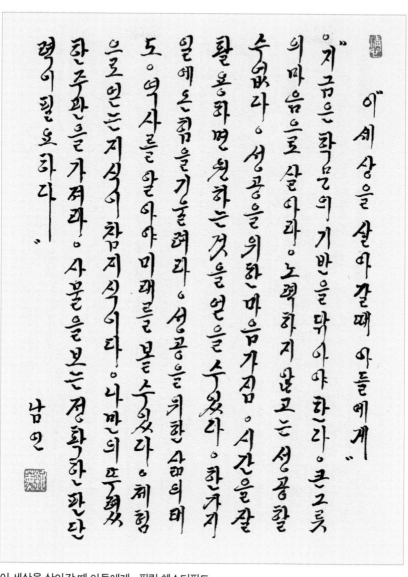

"지금은 확률의 기반을 닦아야 한다. 큰 그릇의 마음으로 살아라. 노력하지 않고는 성공할 수 없다. 성공을 위한 마음가짐. 시간을 잘 활용하면 원하는 것을 얻을 수 있다. 한 가지 일에 온 힘을 기울여라. 성공을 위한 삶의 태도. 역사를 알아야 미래를 볼 수 있다. 체험으로 얻는 지식이 참지식이다. 나쁜의 뜻밖의 한 주판을 가져라. 사물을 보는 정확한 판단력이 필요하다."

이 세상을 살아갈 때 아들에게 - 필립 체스터필드

Philip Dormer Stanhope, 4th Earl of Chesterfield(1694-1773), 영국의 정치가, 문필가
'아버지의 말' 책 중에서 일부 옮김

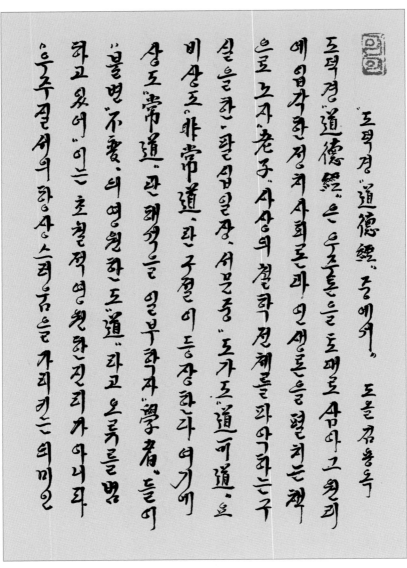

도덕경(道德經) 중에서 - 도올 김용옥

철학자, 충남 천안 출생, 한신대학교 석좌교수, 세명대학교 석좌교수, '노자가 옳았다'

테이 항상스러움은 만물의 변화와 생성 과정 속에 있음을 뜻한다. "상도(常道)"의 상(常)道은 자면 끊임 스스로 그러함과 통한다 그러니 불변의 실체가 아니며 우주만물은 스스로 그러한 모습을 가리키는 것이다. 노자(老子)의 사상은 궁극적으로 인간의 탐욕과 무절제를 비판하며 새로운 삶의 양식을 찾아 하라고 촉구한다는 문명비판 사상이오 문명 대전환의 메시지를 던져주는 사상이다.

남인

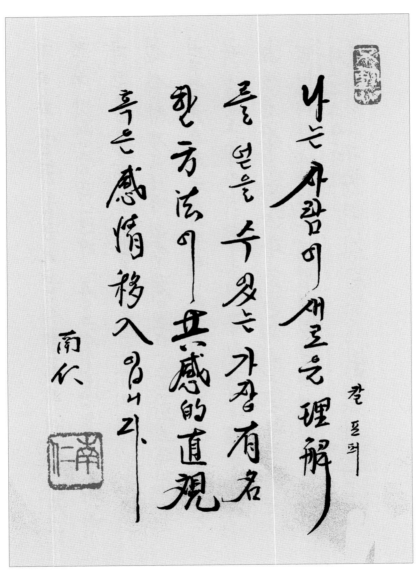

나는 사람이 새로운 理解를 얻을 수 있는 가장 有名한 方法이 共感的直觀 흑은 感情移入 입니다.

칼 포퍼

南仁

이해(理解)를 얻는 방법 - 칼 포퍼

Karl Popper(1902-1994) 오스트리아에서 태어남. 영국철학자
공감적직관 감정이입

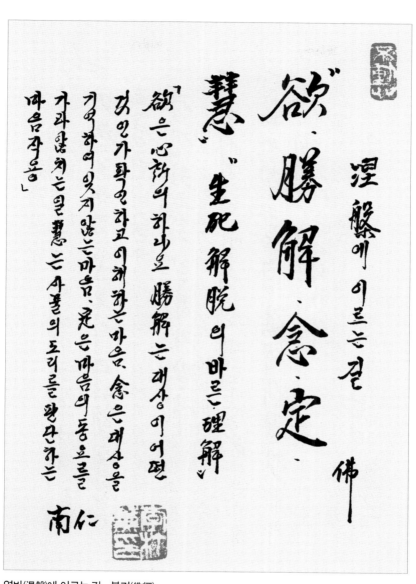

열반(涅槃)에 이르는 길 - 불경(佛經)

욕 승해 염 정 혜

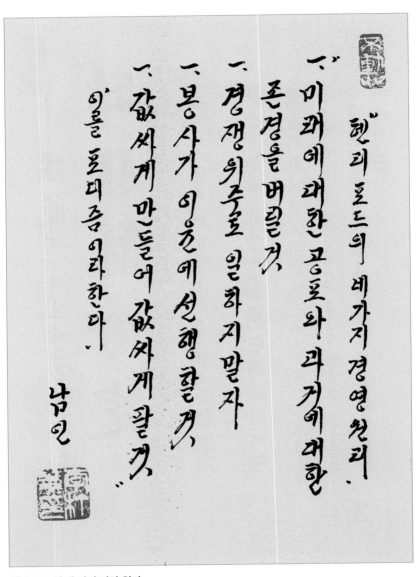

헨리 포드의 네 가지 경영 원리

Henry Ford(1863-1947) 미국 미시간주 출생. 기업가, 자동차의 왕

유태인의 지혜

o 눈에 보이지 않는 것보다 마음이 보이지 않
는 쪽이 더 두렵다。인간도 물고기처럼 입
으로 걸린다。남의 큰 잘못은 작은 것으로
보고 자기의 작은 잘못은 큰 것으로 보라
가야 할 길은 멈추지 마라。오늘 하루도
스치는 인연을 소중히 새겨라。자기가 서 있
는 땅은 선자가 서 있는 땅보다 더 거룩하다

남인

유태인의 지혜 - 옮겨온 글

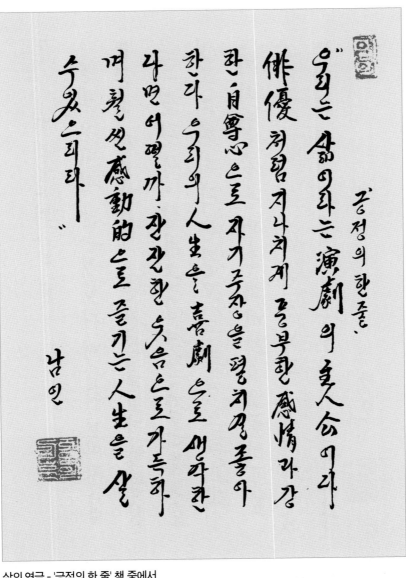

삶의 연극 – '긍정의 한 줄' 책 중에서

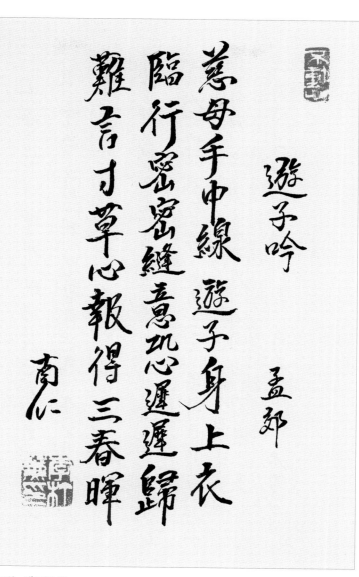

유자음(遊子吟) - 맹교(孟郊)

맹교(孟郊, 751-814) 중국 당나라 시인, 나그네 노래
자모수중선 : 인자하신 어머님 손끝 바느질로 / 유자신상의 : 길 떠난 아들 옷을 지었네.
임행밀밀봉 : 떠날 때 촘촘히 꿰매어 주심은 / 의공지지귀 : 더디 돌아올까 염려해서 이겠지.
난언촌초심 : 누가 말하랴 한치 풀의 마음으로 / 보득삼춘휘 : 봄날 햇볕에 보답할 수 있다고.

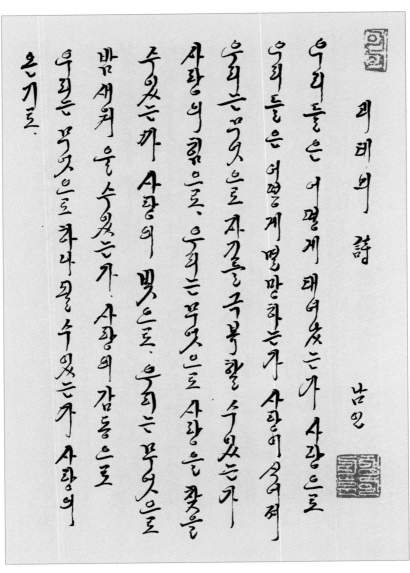

괴테(Goethe)의 시

Johann Wolfgang von Goethe(1749-1832) 독일의 문호

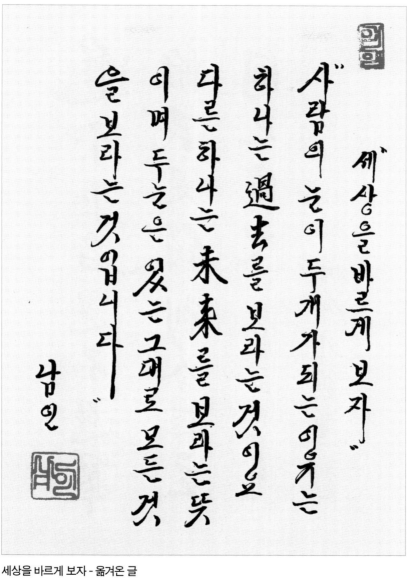

"세상을 바르게 보자"

사람의 눈이 두개가 되는 이유는 하나는 過去를 보라는 것이오 다른 하나는 未來를 보라는 뜻이며 두눈은 있는 그대로 모든 것을 보라는 것입니다.

남인

세상을 바르게 보자 - 옮겨온 글

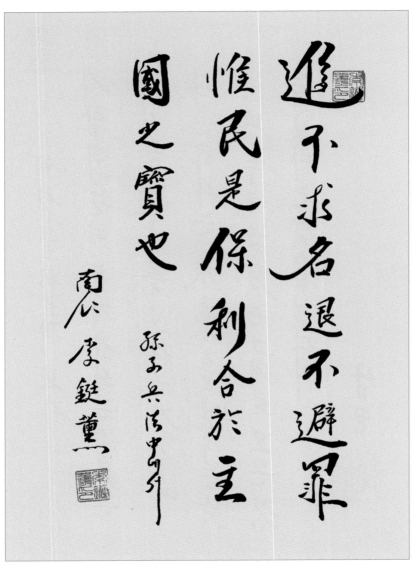

손자병법(孫子兵法)

진불구명 퇴불피죄 : 진격함에 명예를 구하지 말고 후퇴함에 죄를 묻지마라.
유민시보 이합어주 : 오직 백성들을 보호하는 데 있으며 조국의 이익에 부합하느냐에 달려있는 것이다.
국지보야 : 이렇게 진퇴를 결정하는 것이 국가의 보배인 것이다.

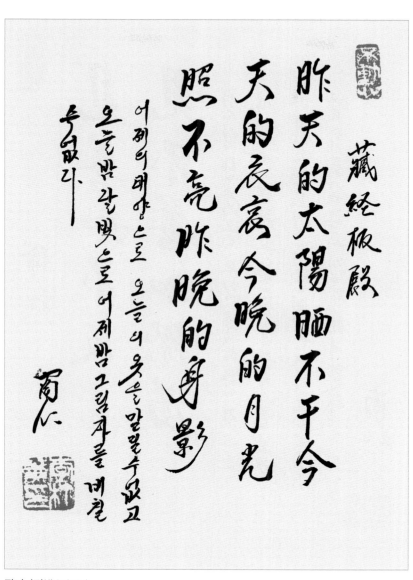

장경판전(藏經板殿)

해인사의 팔만대장경이 보관되어 있는 건물, 세계문화유산 등재, 국보 52호
작천적 태양쇄 불간금천적의애 / 금만적 월광 조불량 작만 적신영

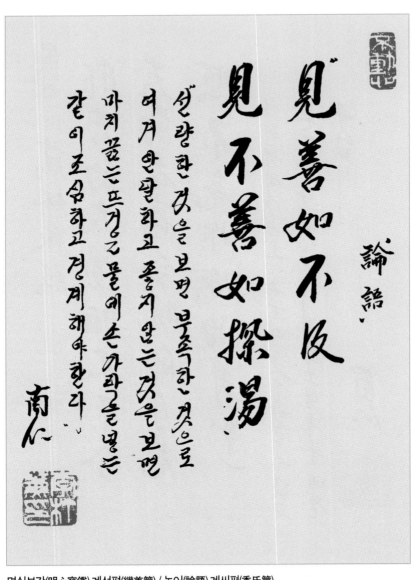

명심보감(明心寶鑑) 계선편(繼善篇) / 논어(論語) 계씨편(季氏篇)

견선여 불급 견불선여 탐탕

報怨行

바쁜 日常에 지어터라도 現在의 모든 어려움과 괴로움·두려움·원망·분노를 감수해야 합니다. 過去에 지은 業과 意圖하지 않고 行했던 일들이 至今 나타난 것입니다. "現実에 不満을 가져서는 안됩니다. 내가 짜 맞들어낸 것이기 때문입니다."

보원행(報怨行) - 달마대사(達磨大師)

달마대사(達磨大師)의 이입사행론(二入四行論) 중 첫째 행

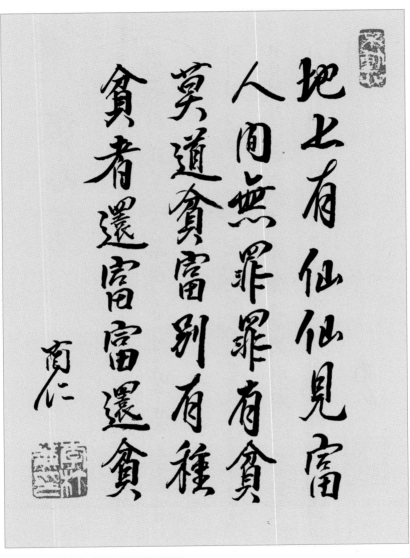

난빈(難貧), 가난이 죄(罪) - 김병연(金炳淵)

김병연(金炳淵, 1807-1863) 조선후기 시인, 속칭 김삿갓
지상유선선견부 : 지상에서 신선이 있으니 부자가 신선일세.
인간무죄죄유빈 : 인간에게 죄가 없으니 가난이 죄일세.
막도빈부별유종 : 가난뱅이와 부자가 따로 있다고 말 하지마소.
빈자환부부환빈 : 가난뱅이도 부자되고 부자도 가난해진다오.

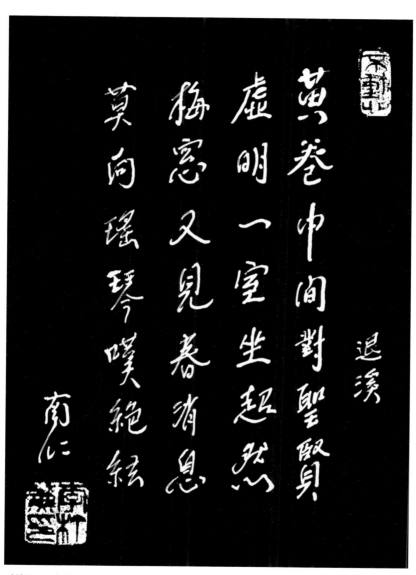

이황(李滉)의 시

이황(李滉, 1501-1570) 호 퇴계, 경북 안동시 도산면 출생, 조선시대 중기 성리학자
황권중간대성현 : 누렇게 바랜 책 속 좋은 말씀 보면서 / 허명일실좌초연 : 빈 방에 홀 로앉아 조용히 있는데
매창우견춘소식 : 매화 핀 창가에 봄소식 다시 보니 / 막향요금탄절현 : 그래도 거문고 마주앉아 줄 끊겼
다고 한탄마라. - 두향이에게 보낸 시

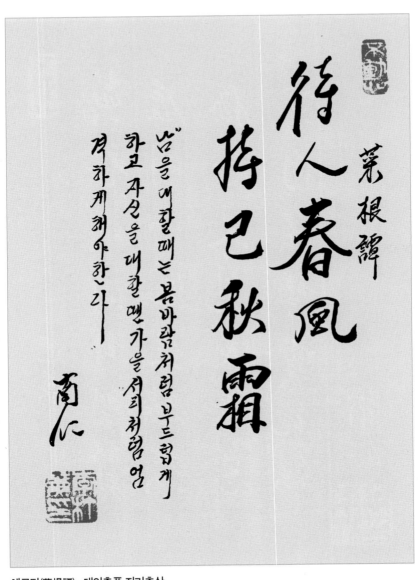

待人春風 持己秋雨霜

菜根譚

"남을 대할 때는 봄바람처럼 부드럽게
하고 자신을 대할 땐 가을 서리처럼 엄
격하게 해야 한다.

채근담(菜根譚) - 대인춘풍 지기추상

중국 명나라 말기에 문인 홍자성(본명 홍응명(洪應明), 호 환초도인(還初道人))이 저작한 책이다.

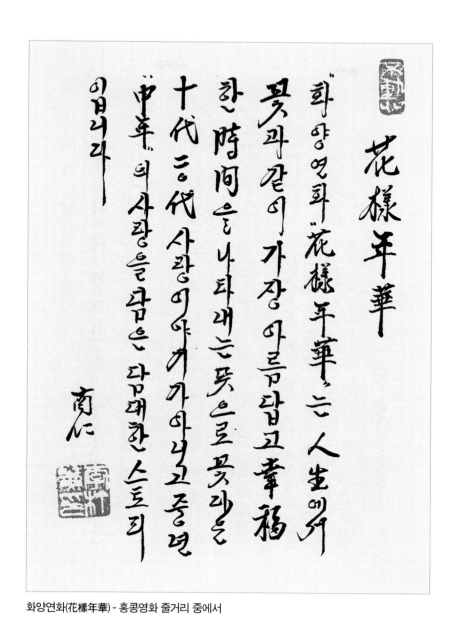

花樣年華

화양연화 "花樣年華"는 人生에서

꽃과 같이 가장 아름답고 幸福

한 時間을 나타내는 뜻으로 꽃라는

十代 三代 사랑이야기가 아니고 중년

中年의 사랑을 담은 담담한 스토리

입니다 ──

南仁

화양연화(花樣年華) - 홍콩영화 줄거리 중에서

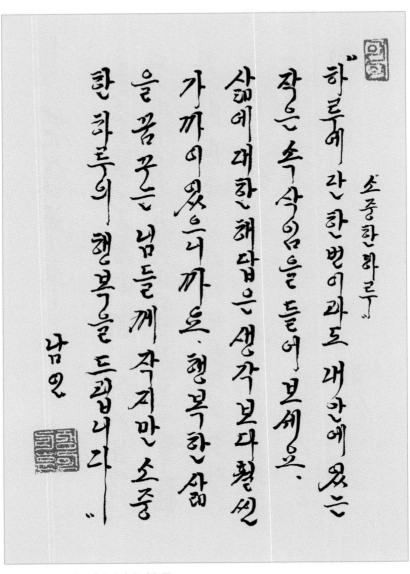

소중한 하루 - 어느 신문에서 옮겨온 글

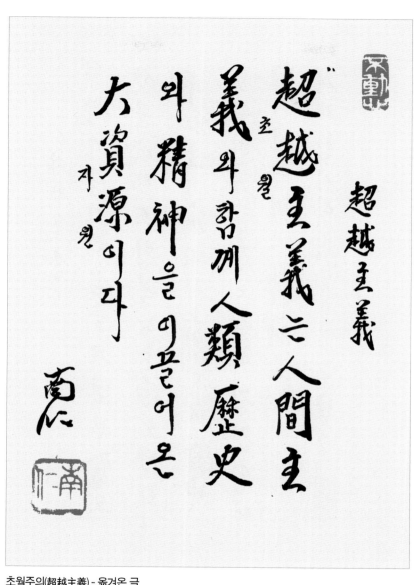

超越主義

超越主義는 人間主義와 精神을 이끌어온 大資源이다

초월주의(超越主義) - 옮겨온 글

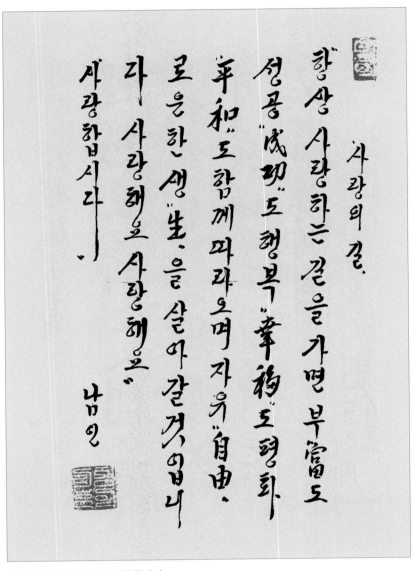

사랑의 길.

항상 사랑하는 길을 가면 부富도
성공成功도 행복幸福도 평화
平和도 함께 따라오며 자유自由
로운 생生을 살아 갈 것이니
라 사랑해요 사랑해요
사랑합시다 —.

남인

사랑의 길 - '긍정의 한 줄' 책 중에서

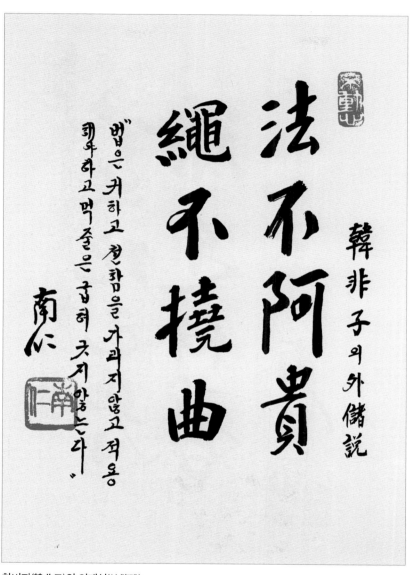

法不阿貴
繩不撓曲

韓非子의 外儲說

"법은 귀하고 천함을 가리지 않고 적용
하고 먹줄은 굽혀 쓰지 않는다."

南仁

한비자(韓非子)의 외제설(外儲說)

한비자(韓非子, BC.280-BC.233) 중국 전국시대 사상가, 법치주의자
법불아귀 승불요곡

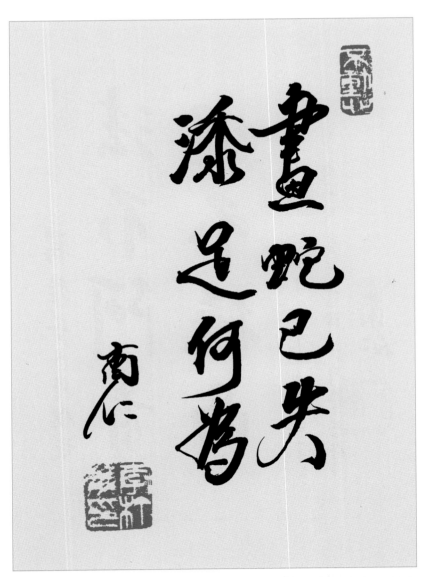

화사기실 첨족하위
그림에 있는 뱀은 그 몸을 잃어 버렸고, 발을 붙였으니 어찌 남을 위할 수 있으리오.

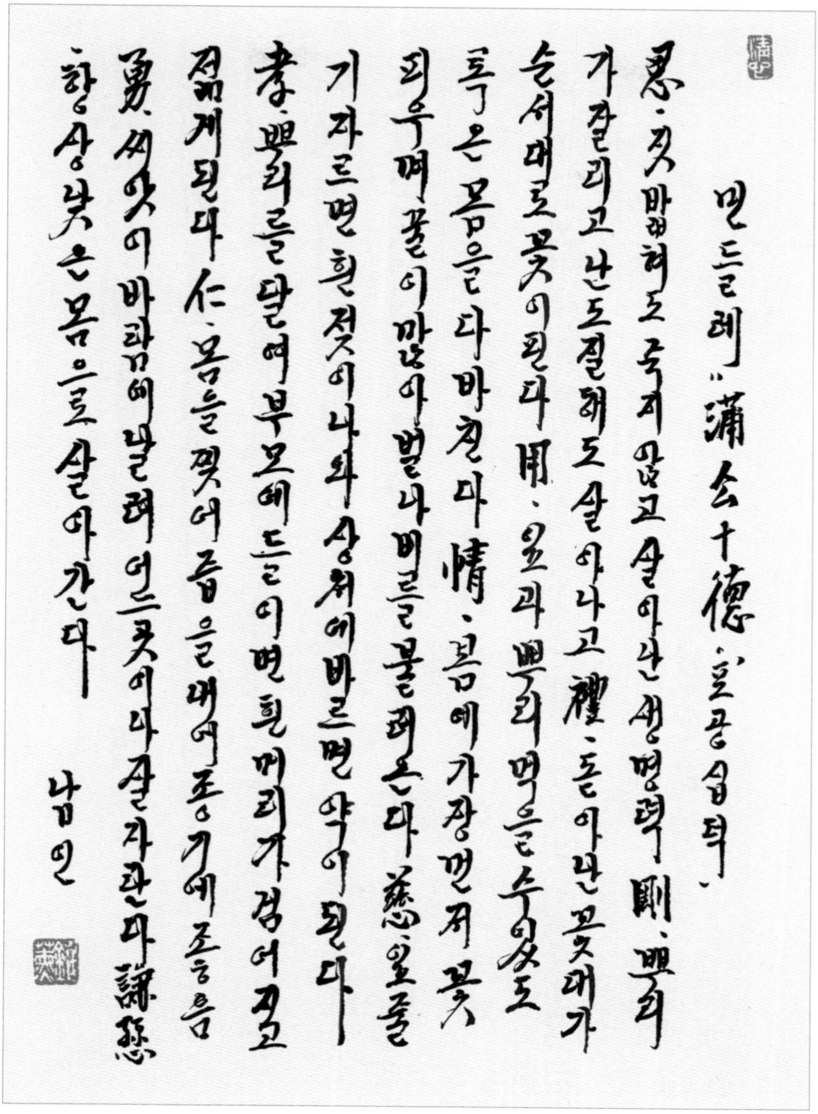

민들레 '포공십덕(蒲公十德)'

송하(松下) 문승열(文承烈) 문집에서

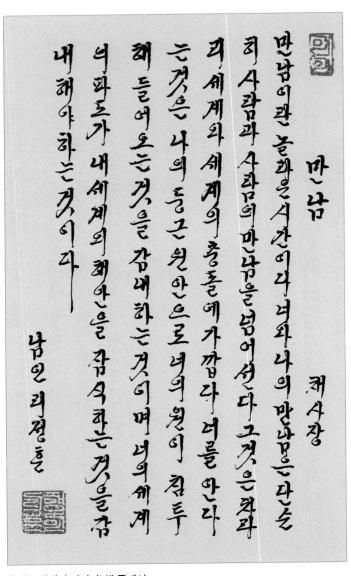

만남 - '우리는 언젠가 만난다' 책 중에서

저자 채사장, 본명 채성호, 성균관대 국어국문학·철학 복수전공 및 졸업, '지적대화를 위한 넓고 얕은 지식' 저자

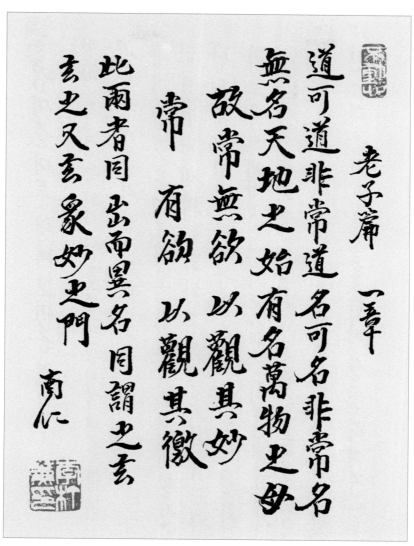

노자편(老子篇) 일장 - '노자는 옳았다' 책 중에서

도가도비상도 명가명비상명 무명천지지시 유명만물지모 고상무욕이관기묘 상유욕이관기교(요) 차양자동 출이이명 동위지현 현지우현 중묘지문 - 도올 김용옥 著

도를 도 라고 말하면 그것은 늘 그러한 도가 아니다. 이름은 이름지으면 그것은 그러한 이름이 아니다. 이름이 없는 것을 천지의 처음이라 하고, 이름있는 것을 만물의 어미라고 한다. 그러므로 늘 욕심이 없으면 그 묘함을 보고 늘 욕심이 있으면 그 가생이를 본다. 그런데 그 둘은 같은 것이다. 사람의 앎으로 나와서 이름만 달리했을 뿐이다. 그 같음을 일컬어 가물타라고 한다. 가믈코 또 가믈토다 뭇묘함이 이 문에서 나오는도다.

김대중 대통령께 보내온 편지

"인권과 평등의 수호자" 전 미국대통령

김대중 대통령은 지혜와   빌 클린턴

용기를 갖춘 지도자로 "한국을 위해 헌신

하였고 전세계 평화와 자유를 사랑하는 사

람들에게 감동과 자극을 주었읍니다 평화

와 자유의 비전을 가지고 사람을 이끌었읍니다

"탁월한 정치인, 전소련대통령 고르바초프.

한국민주주의 발전을 위해 독재에 항거했

던 그의 용기에 존경을 표하며 선법과의 겨른투

김대중 대통령께 보내온 편지 - '김대중 자서전' 중에서

김대중(金大中, 1924-2009) 대한민국의 제15대 대통령, 전남 신안군 하의도 출생, 노벨평화상 수상 (2000)

옥과 생명의 위협도 꺼지 못했읍니다

국제사회는 김대중 대통령의 전쟁을 높

이 인정하였읍니다 민주주의 인권 보

토를 위한 노력을 국제적으로 인정받아

노벨평화상에 그 증거입니다

평화롭고 정의로운 세상을 위한 길

전 독일리 할르드 바이즈제커

김대중 대통령은 위대한 인격을 지닌 가장

비범한 감동적인 인물로 평화통일을 위한

반석 만들기에 노력하였읍니다 남인

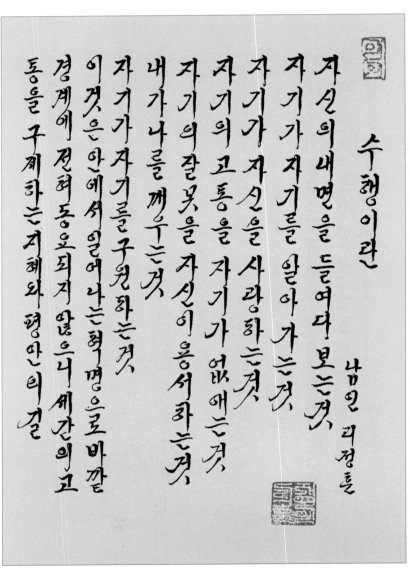

수행이란   남인 리정흔

자신의 내면을 들여다 보는 것
자기가 자기를 알아 가는 것
자기가 자신을 사랑하는 것
자기의 고통을 자기가 없애는 것
자기의 잘못을 자신이 용서하는 것
내가 나를 깨우는 것
자기가 자기를 구원하는 것
이것은 안에서 일어나는 혁명으로 바깥
경계에 전혀 동요되지 않으니 세간의 고
통을 구제하는 지혜와 평안의 길

수행(修行)이란 - '깨달음' 책 중에서
사막의 교부들 지음

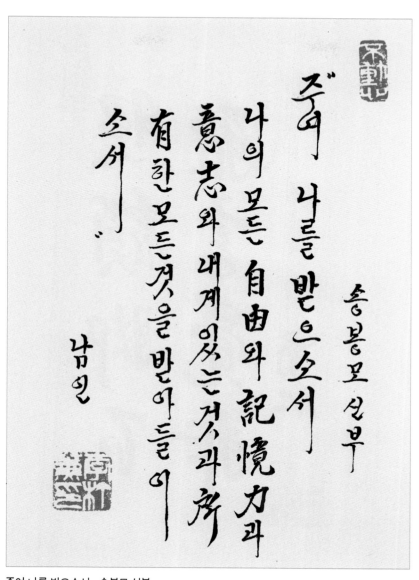

주여 나를 받으소서 - 송봉모 신부

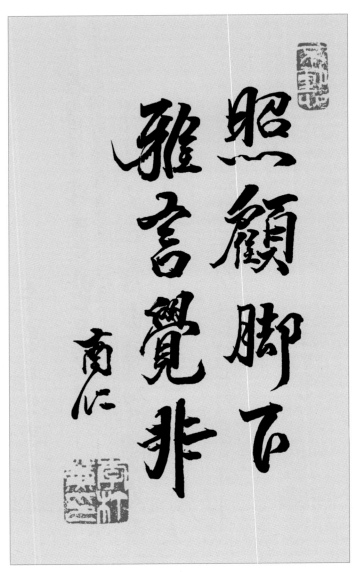

조고각하(照顧脚下) 아언각비(雅言覺非)

조고각하 : 발 아래 되돌이켜 비추어 보라. - 불교의 선종에서 자기 내면으로 돌이켜서 자성을 직시
아언각비 : 밝은 언어도 참뜻인가 문헌과 어원을 밝혀 보라. - 말과 글 가운데서 잘못쓰이고 있는가 그
언어의 참뜻을 상세히 검토 해야 한다는 의미 〈다산 정약용이 지은 책〉

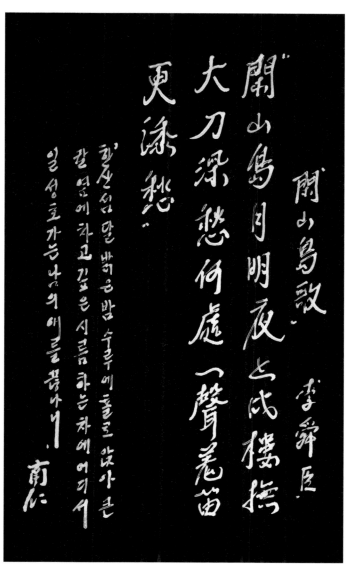

이순신(李舜臣)의 시 '한산도가(閑山島歌)'

이순신(李舜臣, 1545-1598) 시호 충무공, 조선시대 한성부 건천동 출생, 임진왜란과 뒤이은 정유재란 당시 수군을 이끌고 왜국을 격파하여 조선을 구한 구국의 명장
한산도월명야상수루무대도 심추하처일성강적갱첨추

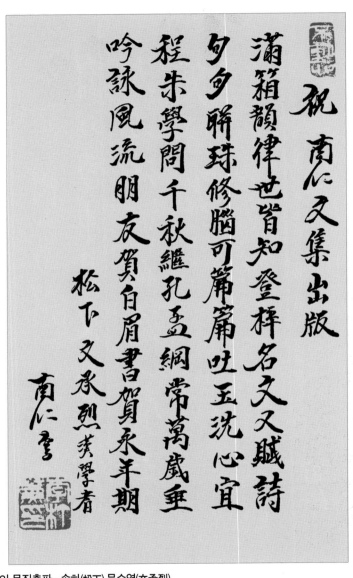

祝 南仁 文集 出版

蒲箱韻律世皆知 登梓名文又賦詩
夕夕聯珠修腦可 編篇吐玉洗心宜
程朱學問千秋繼 孔孟綱常萬歲垂
吟詠風流朋友賀 白眉書賀永年期

松下 文承烈 美學者

南仁 書

축 남인 문집출판 - 송하(松下) 문승열(文承烈)

문승열(文承烈) 호 송하(松下), 전남 보성출생, 한학자

축 남인 문집출판 - 송하(松下) 문승열(文承烈)

만상운율세개지 : 운율이 상자 가득해 세상에 다 아는 바로
등재명문우부시 : 명문을 출판시 또한 부시도 올랐으니
구구연(련)주수뇌가 : 글 귀가 구슬꿰어 놓은 듯 뇌를 닦기 옳으며
편편토옥세심의 : 편편히 옥은 토한 듯 마음씻기 마땅하네
정주학문천추계 : 정자 주자님 학문은 천추에 이어가고
고명강상만세수 : 공자 맹자님 강상은 만세에 드리우며
음영풍류 붕우하 : 읊조리는 풍류를 붕우간에 축하 하노니
백미서가영연기 : 서가에 백미로 긴 세월 기약하리라.

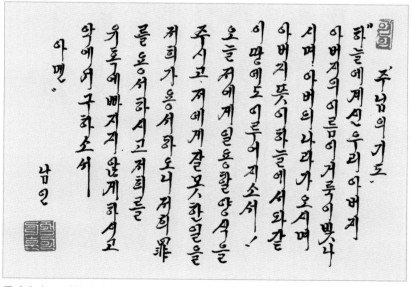

주님의 기도 - 카톨릭 기도문

般若心經 原文 玄奘法師

般若波羅蜜多心經 觀自在菩薩 行深
般若波羅蜜多時 照見五蘊皆空 度一切
苦厄 舍利子 色不異空 空不異色 色即是
空 空即是色 受想行識 亦復 如是 舍利子
是諸法空相 不生不滅 不垢不淨 不增不減
是故空中無色 無受想行識 無眼耳鼻舌身
意 無色聲香味觸法 無眼界 乃至 無意識界
無無明 亦無無明盡 乃至 無老死 亦無老死

반야심경(般若心經) 원문(原文) - 현장법사(玄奘法師)

정식 이름은 '마하반야바라밀다심경'이며 천사제일의 경전으로, 삼장(三藏)은 경장(經藏), 율장(律藏), 논
장(論藏)을 말함이요, 현장법사가 인도에서 가지고 온 불교 경전을 한문으로 번역하신 경전
현장법사(玄奘法師, 602-664) 삼장(三藏)법사라고도 불림, 중국 당나라 때의 승려, 불교학자, 여행가

盡無苦集滅道無智亦無得以無所

得故菩提薩埵依般若波羅蜜多故

心無罣礙無罣礙故無有恐怖遠離

顛倒夢想究竟涅槃三世諸佛依般若

波羅蜜多故得阿耨多羅三藐三菩提

故知般若波羅蜜多是大神咒是大明咒

是無上咒是無等等咒能除一切苦眞實不

虛故說般若波羅蜜多咒即說咒曰揭帝揭

帝波羅僧揭帝菩提娑婆訶

南仁

마음을 열어주는지혜

영혼에 빛을 ❷

남인 과 정훈 엮음

찍은 날 | 2021년 1월 25일
펴낸 날 | 2021년 1월 29일

저 자 | 리 정 훈
발행인 | 최 봉 석
디자인 | 정 일 기
인쇄처 | 동산문학사
출판등록 | 제611-82-66472호
주 소 | 광주광역시 남구 대남대로 340, 4층(월산동)
전 화 | (062)233-0803   **팩 스** | (062)233-0806
이메일 | dsmunhak@daum.net

값 23,000원

ISBN 979-11-88958-37-5 04810
ISBN 979-11-88958-35-1 04810 (세트)